中国诗歌经典作品一百首系列

古诗一百首

周啸天 注评

商务印书馆国际有限公司

中国·北京

图书在版编目(CIP)数据

古诗一百首 / 周啸天注评. -- 北京：商务印书馆国际有限公司, 2021.4
(中国诗歌经典作品一百首系列 / 周啸天主编)
ISBN 978-7-5176-0805-9

Ⅰ.①古… Ⅱ.①周… Ⅲ.①古典诗歌—诗集—中国 Ⅳ.① I222

中国版本图书馆 CIP 数据核字 (2021) 第 042437 号

古 诗 一 百 首
GUSHI YIBAI SHOU

注 评 者	周啸天
出版发行	商务印书馆国际有限公司
地　　址	北京市朝阳区吉庆里 14 号楼
	佳汇国际中心 A 座 12 层
邮　　编	100020
电　　话	010-65592876（编校部）
	010-65598498（市场营销部）
网　　址	www.cpi1993.com
印　　刷	北京中科印刷有限公司
开　　本	880mm×1230mm　1/32
字　　数	234 千字
印　　张	5.5
版　　次	2021 年 4 月第 1 版第 1 次印刷
书　　号	ISBN 978-7-5176-0805-9
定　　价	32.00 元

版权所有・违者必究
如有印装质量问题，请与我公司联系调换。

序言

中国文学史上所称的古诗（作为诗体的古诗，则属于另一个范畴），指的是先秦、汉、魏、六朝诗。不过，《诗经》作为一个特例，并不包含在内。

《楚辞》的出现，标志着中国诗歌进入了个体创作的时代。屈原是中国诗史上第一个伟大的诗人。司马迁《史记·屈原列传》载："国风好色而不淫，小雅怨诽而不乱。若离骚者，可谓兼之矣。上称帝喾，下道齐桓，中述汤武，以刺世事。明道德之广崇，治乱之条贯，靡不毕见。其文约，其辞微，其志洁，其行廉，其称文小而其指极大，举类迩而见义远。其志洁，故其称物芳。其行廉，故死而不容。自疏濯淖污泥之中，蝉蜕于浊秽，以浮游尘埃之外，不获世之滋垢，皭然泥而不滓者。推此志也，虽与日月争光可也。"

古诗的黄金时代是两汉，尤其是东汉。汉诗有两大系统，一是乐府诗，一是文人五言诗。"自孝武立乐府而采歌谣，于是有代赵之讴，秦楚之风，皆感于哀乐，缘事而发，亦可以观风俗，知薄厚云。"（班固）汉乐府诗是继国风之后，古代民歌的又一次大汇集。汉乐府有比较完整的故事情节，颇能描摹人物的口吻神情，较国风中的叙事之作，演进之迹甚明。《孔雀东南飞》《陌上桑》为汉乐府之双璧。汉乐府开拓了叙事诗的新阶段，同时也开启了五言诗的时代。五言诗较四言诗的句容量大为增加，其特点是把《诗经》变化多端的章法、句法和韵法整齐划一，把《诗经》低回往复、一唱三叹的音节变为直率平坦，更宜于抒情达意。这种诗体得到文人效仿，在东汉取代四言诗成为诗坛创作主流。

南朝梁昭明太子萧统《文选》选编的《古诗十九首》，标志着东汉文人五言诗的最高成就。"十九首"全是短篇抒情诗，虽非成于一人之手，却有共同的时代主题——汉末动乱时世中寒士的失落和寻常夫妇的两地相思。"平平道出，且无用工字面，若秀才对朋友说家常话，略不作意"（谢榛），可谓"深衷浅貌，短语长情"（陆时雍）。"文温以丽，意悲而远，惊心动魄，可几谓一字千金"（钟嵘）。"观其结体散文，直而不野，婉转附物，怊怅切情，实五言之冠冕也"（刘勰）。

汉末建安时代军阀混战，天下大乱。产生在这一时期的诗歌，一方面反映着社会的动乱与民生的疾苦，充满悲天悯人的情调；一方面便是表现乱世英雄建功立业、收拾金瓯的使命感或雄心壮志。建安诗人多于鞍马间为文，"观其时文，雅好慷慨，良由世积乱离，风衰俗怨，并志深而笔长，故梗概而多气也"（刘勰），其代表诗人为三曹（曹操、曹丕、曹植）、七子（孔融、陈琳、王粲、徐幹、阮瑀、应玚、刘桢）和蔡琰。曹操深于乐府，其诗悲凉苍劲；曹植五言诗华丽雍容，有极高声誉；蔡琰《悲愤诗》堪称"诗史"，直启杜诗之先声。

魏晋之际是"乱"和"篡"的时代，统治者倡言名教而政治迫害滋生，老庄玄学行时，佛教亦迅速发展；士人谈空说有，行为流于放诞，文学遂成苦闷的象征。正始与建安相隔不过二十年，而文风陡然一变。积极入世、反映现实、慷慨悲歌成了过去，代之而起的是时而师心使气、时而讳莫如深的作风。阮籍的《咏怀》"厥旨渊放，归趣难求"（钟嵘），其与西晋太康时代左思的《咏史》，对唐代五言诗都有深远影响。

从魏晋到南北朝是文学的自觉时代。文士逐渐认识到了文学的审美特点，使创作有了自觉的艺术追求。晋宋（南朝宋）易代之际，出现了中国诗史上另一伟大诗人陶渊明。陶渊明从田园风光和农村生活中汲取创作的素材和灵感，肯定了人生的意义，提出了个人的社会理想。其五言诗达到平淡与醇厚的统一、情景与哲理的结合，平实而有深度，创造了一种新的美学风格，迥异于魏晋以来渐趋绮靡的诗风。陶渊明诗著唐诗之先鞭，他也因而成为"六朝第一流人物"（沈德潜）；谢灵运为永嘉太守，用诗描绘了古时浙江、江西等地的自然景色，讲究对偶的形式之美，成为与陶渊明齐名的山水诗人。

佛经的传入，对中国文学的思想、语言和音节都产生了影响。声律学和骈偶学的出现导致诗歌创作声色大开，促成新体诗亦即律诗的兴起，成为中国诗歌的又一转关。由于汉字四声的发现，在齐永明间诗人沈约等的提倡下，出现了回避声病、讲求调声的新体诗，是当时诗界的一件大事。这种新体诗，到唐代定型为五言律诗，得到科举考试的采用，而成为最重要的一种诗体。综上（建安以来）所述，"汉魏晋宋，齐梁陈隋，八代之阶级森如也。枚李曹刘，阮陆陶谢，鲍江何沈，徐庾薛卢，诸公之品第秩如也。其文日变而盛，而古意日衰也；其格日变而新，而前规日远矣"（胡应麟）。

东晋以来，长江流域经济增长，商业发达，城市繁荣，世风奢靡，音乐文艺蓬勃发展。南朝乐府机关采集民歌，主要是为了满足统治阶层声色娱乐的需要，所以现存南朝乐府内容比较狭窄，绝大多数是情歌，文人加工的痕迹较为明显。南朝乐府以五言四句体为主，歌谣数百种，以《子夜歌》系列最受欢迎。《西洲曲》在五言四句体的基础上，发展成为长篇，堪称南朝乐府最成熟、精致的作品。

北朝民歌多半是北魏以后的作品，陆续传到南方，由梁朝的乐府机关保存。与南朝乐府相比，北朝民歌口头创作居多，以谣体为主，数量较南朝民歌为少，而内容比较开阔，艺术表现质朴刚健、生气勃勃。《敕勒歌》虽由鲜卑语译来，却是北朝乐府的上乘之作；《木兰诗》歌颂一位女性代父从军的事迹，诗中写木兰固然是英雄，却毕竟也是一位女性，用笔明快而细腻，唱叹有情，是北朝民歌的杰作。

本书上承《诗经一百首》，下启《唐诗一百首》，选诗范围为先秦至隋代，选诗约一百二十首。异文择善而从，异体字改为通行字（如"靁"作"雷"，"猨"作"猿"），并予注释、简评，以飨读者。

周啸天

目录

屈原	九歌·湘夫人	1
	九歌·少司命	3
	九歌·山鬼	5
	九歌·国殇	7
	九章·涉江	8
无名氏	孺子歌	11
	越人歌	12
荆轲	易水歌	13
刘邦	大风歌	14
项羽	垓下歌	15
李延年	歌	16
司马相如	琴歌二首	18
刘彻	秋风辞	19
班婕妤	怨歌行	21
辛延年	羽林郎	22
苏李诗	别诗	24
汉乐府	战城南	25
	有所思	27
	箜篌引	28

2 古诗一百首

	上邪	29
	江南	30
	陌上桑	31
	东门行	33
	十五从军征	35
	上山采蘼芜	36
	长歌行	37
	孔雀东南飞	38
古诗十九首	行行重行行	46
	青青河畔草	48
	今日良宴会	49
	西北有高楼	50
	涉江采芙蓉	51
	明月皎夜光	52
	冉冉孤生竹	54
	庭中有奇树	55
	迢迢牵牛星	56
	回车驾言迈	58
	去者日以疏	59
	孟冬寒气至	60
	客从远方来	61
曹操	蒿里行	63
	苦寒行	65
	短歌行	66
	观沧海	68

	龟虽寿 ……………………………	69
徐幹	室思（其三）…………………………	70
陈琳	饮马长城窟行 ………………………	71
刘桢	赠从弟（其二）………………………	73
王粲	七哀诗 ………………………………	74
曹丕	燕歌行 ………………………………	76
曹植	七步诗 ………………………………	78
	白马篇 ………………………………	79
	野田黄雀行 …………………………	81
蔡琰	悲愤诗 ………………………………	82
阮籍	咏怀（其一）…………………………	86
	咏怀（其六十七）……………………	88
嵇康	赠秀才入军（其十四）………………	89
张华	情诗（其五）…………………………	91
潘岳	悼亡诗二首（其一）…………………	92
陆机	赴洛道中作二首（其一）……………	94
左思	咏史（其二）…………………………	96
	娇女诗 ………………………………	97
刘琨	扶风歌 ………………………………100
陶渊明	归园田居（其一）……………………103
	归园田居（其三）……………………104
	饮酒（其五）…………………………106
	移居（其一）…………………………107
	移居（其二）…………………………108
	读《山海经》（其一）………………109

4 古诗一百首

谢灵运	登池上楼	111
	石壁精舍还湖中作	113
鲍照	拟行路难(其六)	114
	梅花落	116
沈约	别范安成	117
	石塘濑听猿	118
陶弘景	诏问山中何所有赋诗以答	119
谢朓	玉阶怨	120
	王孙游	121
	之宣城郡出新林浦向板桥	122
	晚登三山还望京邑	124
柳恽	江南曲	125
陆凯	赠范晔诗	126
何逊	相送	128
庾信	拟咏怀(其二十六)	129
	寄王琳	130
	重别周尚书	131
江总	闺怨篇	132
南朝乐府	子夜歌(其三)	134
	子夜歌(其七)	135
	子夜歌(其九)	135
	子夜歌(其三十三)	136
	子夜四时歌(其十)	137
	子夜四时歌(其三十四)	138
	子夜四时歌(其五十七)	139

	子夜四时歌（其五十九）……………140
	大子夜歌二首…………………………140
	懊侬歌（其三）………………………141
	读曲歌（其五十五）…………………142
	白石郎曲………………………………143
	青溪小姑曲……………………………144
	拔蒲……………………………………145
	西洲曲…………………………………146
北朝乐府	琅琊王歌………………………………148
	幽州马客吟歌辞………………………149
	陇头歌辞………………………………150
	敕勒歌…………………………………151
	企喻歌辞………………………………152
	地驱乐歌（其二）……………………153
	地驱乐歌………………………………154
	捉搦歌（其四）………………………155
	折杨柳歌（其四）……………………156
	折杨柳歌（其五）……………………157
	折杨柳歌（其六）……………………157
	木兰诗…………………………………158
薛道衡	昔昔盐…………………………………161
	人日思归………………………………163
杨广	野望……………………………………164

九歌·湘夫人①

屈原

　　帝子降兮北渚②，目眇眇兮愁予③。袅袅兮秋风，洞庭波兮木叶下。登白薠兮骋望④，与佳期兮夕张⑤。鸟何萃兮蘋中，罾何为兮木上⑥？沅有茝兮澧有兰⑦，思公子兮未敢言⑧。荒忽兮远望⑨，观流水兮潺湲⑩。麋何食兮庭中，蛟何为兮水裔⑪？朝驰余马兮江皋⑫，夕济兮西澨⑬。闻佳人兮召予，将腾驾兮偕逝。筑室兮水中，葺之兮荷盖⑭。荪壁兮紫坛⑮，播芳椒兮成堂⑯。桂栋兮兰橑⑰，辛夷楣兮药房⑱。网薜荔兮为帷⑲，擗蕙櫋兮既张⑳。白玉兮为镇㉑，疏石兰兮为芳。芷葺兮荷屋，缭之兮杜衡。合百草兮实庭㉔，建芳馨兮庑门㉕。九嶷缤兮并迎㉖，灵之来兮如云。捐余袂兮江中㉗，遗余褋兮澧浦㉘。搴汀洲兮杜若㉙，将以遗兮远者㉚。时不可兮骤得㉛，聊逍遥兮容与㉜。

作　　者

　　屈原（约前340年—前278年），名平，字原，战国楚人。楚怀王时曾任左徒、三闾大夫，主张联齐抗秦。于怀王、顷襄王时两遭佞臣进谗，而被放逐汉北、江南。因国事不堪，而自沉汨罗江。他根据楚声、楚歌，而创制楚辞，著有《离骚》《天问》《九歌》《九章》等，对后世文学影响深远。

2 古诗一百首

注　释

①九歌：屈原十一篇作品的总称，在民间祭歌的基础上加工而成。湘夫人：与湘君同为湘水之神。

②帝子：指湘夫人，相传即娥皇、女英，帝尧之女，故称"帝子"。

③眇（miǎo）眇：远视的样子。愁予：使我忧愁。

④蘋（fán）：一种水草，似莎而比莎大。骋望：纵目而望。

⑤佳：佳人，指湘夫人。期：期待。张：张罗。

⑥萃：集。罾（zēng）：捕鱼的网。两句言鸟萃蘋中、罾为木上，皆反常现象。

⑦沅（yuán）：沅水。澧（lǐ）：澧水。沅水和澧水均在今湖南。茝（zhǐ）：即白芷，一种香草。

⑧公子：女公子，犹帝子，指湘夫人。

⑨荒忽：遥远的样子。

⑩潺湲：水流动的样子。

⑪麋何食兮庭中，蛟何为兮水裔：麋鹿食于庭中，蛟在水裔，皆反常现象。

⑫皋（gāo）：水边高地。

⑬澨（shì）：水边。

⑭葺：用茅草覆盖房子。盖：指屋顶。

⑮荪（sūn）：一种香草。紫：紫贝。坛：楚语中庭院的意思。

⑯椒：一种香木。

⑰橑（liáo）：屋椽。

⑱辛夷：初春花木。楣：门楣。药：白芷。

⑲薜荔：一种藤蔓。帷：帷帐。

⑳擗（pǐ）：掰开。蕙：即佩兰，一种香草。櫋（mián）：隔扇，屋檐板。

㉑镇：镇席。

㉒疏：分陈。石兰：即山兰，一种香草。

㉓缭：缠绕。杜衡：一种香草。

㉔合：聚。百草：众芳草。实：充实。

㉕庑（wǔ）：走廊。

㉖九嶷（yí）：湘南山名，相传舜葬于此。缤：盛多的样子。

㉗袂（mèi）：衣袖。

㉘遗（wèi）：赠。褋（dié）：单衣。

㉙汀：水中或水边的平地。杜若：一种香草。

㉚远者：指湘夫人。

㉛骤得：再得。

㉜逍遥：游玩。容与：悠闲的样子。

简　评

　　湘夫人与湘君，旧说为舜之二妃；近人多主为湘水之神及其配偶，湘夫人即二妃，湘君乃是舜灵。《湘夫人》《湘君》俱写企待不至，正是"一种相思，两处闲愁"。歌词由巫师演唱，巫师既是叙事人，又是湘夫人的代言人。前四句写企盼。"袅袅兮秋风，洞庭波兮木叶下"，被誉为千古悲秋之祖。"鸟何萃兮蘋中"二句，与"麋何食兮庭中"二句，皆属"倒反"修辞，暗示情事之阴错阳差。"沅有茝兮澧有兰"兴起情语，语类"山有木兮木有枝，心悦君兮君不知"。以下写期待，用浪漫笔墨，写湘夫人在水中建造新房，为爱人即将到来而感到兴奋和欢快。"九嶷缤兮并迎"二句，是想象对方降临的盛况。最后写爱而不见，只好在约定地点留下信物。相传舜帝南巡，死于苍梧之野，葬于九嶷山，二妃追之不及，死于湘水。双方相爱之深而相思甚苦，所以《湘君》《湘夫人》写湘君由九嶷北上，往寻二妃；而娥皇、女英则沿湘江南下，往寻舜帝，其间不免有阴差阳错的情况发生。类似的事件，在人间男女恋爱中也经常有。故其能指超出所指，能引起读者普遍的共鸣。

九歌·少司命

屈原

　　秋兰兮麋芜①，罗生兮堂下。绿叶兮素华，芳菲菲兮袭予。夫人自有兮美子②，荪何以兮愁苦③？秋兰兮青青，绿叶兮紫茎。满堂兮美人④，忽独与余兮目成⑤。人不言兮出不辞，乘回风兮载云旗。悲莫悲兮生别离，乐莫乐兮新相知。荷衣兮蕙带，儵而来兮忽而逝⑥。夕宿兮帝郊，君谁须兮云之际⑦？与女沐兮咸池⑧，晞女发兮阳之阿⑨。望美人兮未来⑩，临风怳兮浩歌⑪。孔盖兮翠旍⑫，登九天兮抚彗星。竦长剑兮拥幼艾⑬，荪独宜兮为民正⑭。

注　释

①蘪（mí）芜：即蘼芜，草药，根茎可入药，治妇人无子。
②夫：发语词。
③荪：此处指少司命。何以：因何。
④美人：指祈神求子的妇女。
⑤余：少司命自谓。目成：以目光达成默契。
⑥儵（shū）：同"倏"，迅疾的样子。逝：离去。
⑦君：少司命指称大司命。须：等待。按，大司命受祭结束后升上云端等待，故少司命这样问。
⑧女（rǔ）：通"汝"，大司命称少司命。"与女沐兮咸池"以下到结束为男巫以大司命口吻所唱。咸池：神话中天池，日浴之处。
⑨晞（xī）：晒干。阳之阿（ē）：日出的地方。
⑩美人：此处为大司命称少司命。按，少司命尚在人间受祭，所以大司命在云端这样说。
⑪怳（huǎng）：同"恍"，恍惚。浩歌：高歌。
⑫孔盖：孔雀毛做的车盖。翠旍（jīng）：翠鸟羽毛装饰的旌旗。旍，同"旌"。
⑬竦（sǒng）：肃立。拥：抱着。幼艾：少长之人，老少。
⑭正：主。

简　评

少司命是楚俗中执掌人间子嗣和儿童命运之女神。这首诗通过大司命的口吻对之进行礼赞。通篇由少司命（女巫扮）与大司命（男巫扮）的对唱构成。诗共分为六节。前六句为一节，以下四句一节。由歌词内容看，二、三、四节为少司命唱词，一、五、六节是大司命口吻，双方含情脉脉。歌词中"满堂兮美人，忽独与余兮目成"，本写人间求子的妇女与少司命的眼神沟通，即眼睛会说话，却超越歌词的本指，写出男女间的一见钟情，前人谓其"曲尽丽情，深入冶态"（杨慎），超过许多专写爱情的名篇；"悲莫悲兮生别离，乐莫乐兮新相知"写人间的离合悲欢，前人谓"千古言情都向此中摸索"（周拱辰），因此俱为传诵不衰的名句。

九歌·山鬼

屈原

若有人兮山之阿①，被薜荔兮带女萝②。既含睇兮又宜笑③，子慕予兮善窈窕④。乘赤豹兮从文狸⑤，辛夷车兮结桂旗⑥。被石兰兮带杜衡，折芳馨兮遗所思。余处幽篁兮终不见天，路险难兮独后来。表独立兮山之上⑦，云容容兮而在下⑧。杳冥冥兮羌昼晦⑨，东风飘兮神灵雨⑩。留灵修兮憺忘归⑪，岁既晏兮孰华予⑫？采三秀兮于山间⑬，石磊磊兮葛蔓蔓。怨公子兮怅忘归⑭，君思我兮不得闲。山中人兮芳杜若，饮石泉兮荫松柏。君思我兮然疑作⑮。雷填填兮雨冥冥⑯，猿啾啾兮狖夜鸣⑰。风飒飒兮木萧萧，思公子兮徒离忧⑱。

注　释

①山之阿：山弯。
②被（pī）：通"披"。女萝：蔓生植物。

③ 含睇（dì）：含情而视。睇，微视。宜笑：笑得很美。
④ 子：山鬼对爱人的称呼。
⑤ 赤豹：皮毛呈褐的豹。从：跟从。文狸：毛色有花纹的狐狸。
⑥ 辛夷车：以辛夷木为车。结：编结。桂旗：以桂为旗。
⑦ 表：独立突出的样子。
⑧ 容容：通"溶溶"，水或云烟流动的样子。
⑨ 杳冥冥：幽深昏暗。羌：语助词。
⑩ 神灵雨：神灵施雨。
⑪ 灵修：指山鬼。憺（dàn）：安乐。
⑫ 晏：晚。华予：让我永葆花样年华。
⑬ 三秀：芝草，能延年益寿。
⑭ 公子：女公子，指山鬼。
⑮ 然疑：将信将疑。作：发生。
⑯ 填填：雷声。
⑰ 狖（yòu）：长尾猿。
⑱ 离忧：遭遇忧思。离，通"罹"，遭受。

简　评

　　山鬼即山神，或即巫山神女，徐悲鸿画作乘赤豹、披树叶的山鬼形象，十分浪漫。这首诗写企盼不至，乃至失恋的情绪。全诗共三段。第一段写主角出场，装扮是神灵，形象却是一个苗条会笑、眉目传情的怀春少女。她采集了一些香花芳草，准备献给心上人。第二段写山鬼到达赴约地点，未见期待出现的身影，心中有些忐忑不安。"表独立兮山之上"四句，写候人。天昏昏、云溶溶、风飘飘、雨霏霏的景象和气氛，还有那个笔立山头眺望行人的山鬼，简直就是巫峡神女石一段的风光。第三段写久盼不至的惨苦。通过山鬼候人不至心情的变化，从自我埋怨到埋怨对方、到自我安慰、到陷入极度烦恼，写失恋的心态达到细致入微的程度。融入了人生体验，所以其指极大。《山鬼》的抒情主人公形象与《湘夫人》具有共同特点：美丽多姿而志趣芳洁，善解风情而孤独寂寥，情有独钟而专一执着，遭遇不偶而苦闷幽怨。有道是"好诗不过近人情"，《九歌》之神曲亦同样如此。

九歌·国殇①

屈原

操吴戈兮被犀甲②,车错毂兮短兵接③。旌蔽日兮敌若云,矢交坠兮士争先。凌余阵兮躐余行④,左骖殪兮右刃伤⑤。霾两轮兮絷四马⑥,援玉枹兮击鸣鼓⑦。天时怼兮威灵怒⑧,严杀尽兮弃原野。出不入兮往不反,平原忽兮路超远。带长剑兮挟秦弓⑨,首身离兮心不惩⑩。诚既勇兮又以武,终刚强兮不可凌。身既死兮神以灵⑪,魂魄毅兮为鬼雄⑫。

注 释

① 国殇:为国捐躯的烈士。殇,为国战死者。
② 吴戈:吴国制造的戈,因冶铁技术先进而以锋利闻名。
③ 错:交错。毂(gǔ):车轮插轴的圆孔。短兵:短兵器。
④ 凌:侵犯。躐(liè):践踏。行:行列。
⑤ 左骖(cān):左边的马。殪(yì):死。右:右骖。
⑥ 霾(mái):通"埋"。絷(zhí):绊住。
⑦ 玉枹(fú):鼓槌的美称。
⑧ 怼(duì):怨恨。威灵:威严的神灵。
⑨ 秦弓:良弓,秦地木材因质地坚实而制造的弓射程较远。
⑩ 不惩:无悔。
⑪ 神以灵:英灵不泯。神,精神。
⑫ 毅:威武不屈。鬼雄:鬼中豪杰。

简 评

这首诗在《九歌》中地位特别,所祭独为"人鬼"。"通体皆写卫国战争,皆招卫国战死者之魂而祭之之词"(刘永济)。诗中敌强我弱场面,有其特定历史背景。战国的秦楚争雄战争,从楚怀王后期开始,屡次以楚方失利告终,但民间有"楚虽三户,亡秦必楚"的口号。全诗可分两段。第一段从"操吴戈兮被犀甲"到"严杀尽兮弃原野",描绘严酷壮烈的战争场面。正是屡战屡败,屡败屡战。第二段用了一种义薄云天的慷慨之音,对死国的烈士进行赞颂。"出不入兮往不反"二句,与荆轲《易水歌》同致。这首诗发明了两个词:一个是"国殇"(鲍照、孟郊诗用之),指为国捐躯的烈士;一个是"鬼雄"(李清照、陆游诗用之),即烈士不散之英魂。这首诗影响后世极为深远,所以永垂不朽。

九章·涉江

屈原

余幼好此奇服兮,年既老而不衰。带长铗之陆离兮①,冠切云之崔嵬②,被明月兮佩宝璐③。世溷浊而莫余知兮④,吾方高驰而不顾。驾青虬兮骖白螭⑤,吾与重华游兮瑶之圃⑥。登昆仑兮食玉英⑦,与天地兮比寿,与日月兮同光。哀南夷之莫吾知兮⑧,旦余济乎江湘⑨。乘鄂渚而反顾兮⑩,欸秋冬之绪风⑪。步余马兮山皋⑫,邸余车兮方林⑬。乘舲船余上沅兮⑭,齐吴榜以击汰⑮。船容与而不进兮,淹回水而疑滞⑯。朝发枉陼兮⑰,夕宿辰阳⑱。苟余心其端直兮,虽僻远之何伤?入溆浦余儃佪兮⑲,迷不知吾所如⑳。深林杳以冥冥兮，乃猿狖之所居。山峻高而蔽日兮，下幽晦以多雨。霰雪纷其无垠兮㉑，云霏霏其承宇㉒。哀吾生之无乐兮，幽独处乎山中。吾不能变心以从俗兮，固将愁苦而终穷㉓。接舆髡首兮㉔，桑扈臝行㉕。忠不必用兮，贤不必以㉖。伍子逢殃兮㉗，比干菹醢㉘。与前世而皆然兮，吾又何怨乎今之人。余将董道而不豫兮㉙，固将重昏而终身㉚。乱曰：鸾鸟凤凰㉛，日以远兮。燕雀乌鹊㉜，巢堂坛兮㉝。露申辛夷㉞，死林薄兮㉟。腥臊并御㊱，芳不得薄兮㊲。阴阳易位㊳，时不当兮。怀信侘傺㊴，忽乎吾将行兮㊵。

注　释

① 铗（jiá）：剑柄，代指剑。陆离：长长的样子。
② 切云：一种高帽子的名称。崔嵬：高耸。
③ 明月：夜光珠。璐：美玉名。
④ 溷（hùn）浊：肮脏，混浊。莫余知：莫知余，没人理解我。
⑤ 虬（qiú）：无角龙。骖白螭（chī）：用白龙做骖马。螭，一种龙。
⑥ 重华：帝舜的名字。瑶之圃：瑶圃，天国的花园。
⑦ 玉英：玉树之花。
⑧ 南夷：指屈原流放地楚国南部的土著。
⑨ 旦：清晨。济：渡过。湘：湘江。
⑩ 乘：登上。鄂渚：地名，在今湖北武昌西。
⑪ 欸（ǎi）：叹。绪风：余风。
⑫ 步余马：让我的马徐行。山皋：山冈。
⑬ 邸：同"抵"，抵达。方林：地名。
⑭ 舲（líng）船：有窗的小船。
⑮ 齐：齐举。榜：船桨。汰：水波。
⑯ 淹：停留。
⑰ 枉陼：地名，在今湖南常德一带。
⑱ 辰阳：地名，在今湖南辰溪西。

⑲溆浦：溆水之滨。儃(chán)徊：徘徊。
⑳吾所如：我的去向。
㉑霰(xiàn)：雨雪。纷：繁多。
㉒霏霏：云气浓重的样子。承：弥漫。宇：天空。
㉓终穷：终生困厄。
㉔接舆：楚国隐士。髡(kūn)首：剃发，古代刑罚之一。相传接舆剃去头发，避世不出。
㉕桑扈：古代隐士，用裸行表示愤世嫉俗。
㉖以：为世所用。
㉗伍子：伍子胥。逢殃：指吴王夫差听信伯嚭的谗言，逼迫伍员自杀。
㉘比干：商纣王时贤臣，因强谏被纣王剖心而死。菹醢(zūhǎi)：剁成肉酱，古代酷刑。
㉙董道：坚守正道。豫：犹豫。
㉚重昏：一重重的暗昧。
㉛乱：辞赋总结全篇宗旨的一段文字。鸾鸟凤凰：祥瑞之鸟，比喻贤才。
㉜燕雀乌鹊：比喻谄佞小人。
㉝堂坛：殿堂祭坛。比喻小人挤满朝廷。
㉞露申：香格，即申椒。一说瑞香花。
㉟林薄：林边。
㊱腥臊：恶臭之物，喻谄佞之人。御：进用。
㊲芳：芳洁之物，喻君子。薄：靠近。
㊳阴阳易位：比喻楚国混乱颠倒的现实。
㊴怀信：怀抱忠信。侘傺(chàchì)：惆怅失意。
㊵忽：恍惚。

简　评

　　《涉江》是屈原在顷襄王时遭谗逐放江南时所作。从诗中所叙地名考之，当作于《哀郢》之后。这首诗很像《离骚》的缩写本。但它与《离骚》毕竟不同，它所记的是一次现实的历程。诗表明屈原当日渡江，行经湘水、洞庭（鄂渚在湖畔），沿沅水上溯，经枉陼、辰阳到达溆浦，暂处山中，路线及归宿极为清楚。这和《离骚》用"朝发轫于天津兮，夕余至乎西极""路不周以左转兮，指西海以为期"的纯幻境以象心路之历程大不一样，使得这首诗更富于现实感与生活气息。某些方面又与《离骚》息息相通：思想情感的相同不论,在混用神话、社会、自然三种意象成篇而又天衣无缝这一点上,《涉江》就与《离骚》机杼相同;另一点是诗的主观色彩很强,一是夸张与想象(如写溆浦、瑶圃),二是全诗将被放逐写成自疏,变被动为主动,都表现了这种感情色彩。

孺子歌

无名氏

沧浪之水清兮①,可以濯我缨②。
沧浪之水浊兮,可以濯我足。

注 释

① 沧浪:水名,泛指清澈的江河水。
② 濯(zhuó):洗。缨:结冠的带子,系于冠的两侧,着冠后结于颔下。

简 评

这首诗见载于《孟子·离娄》,说孔丘曾听到有小孩子(孺子)唱这首歌,所以叫"孺子歌"。又见载于《楚辞·渔父》,说屈原听过渔父唱这首歌。看来应是春秋战国时代流传在汉水以北的一首民歌。歌词大意是,人要根据水的清浊,来决定其用途,清水好濯帽带,浊水好洗脚。只要善于适应环境,就可以如鱼得水。渔父秉承这种人生哲学,就活得自在。屈原秉承另一种人生哲学,宁折不弯,知其不可而为之,所以结局是悲剧性的。孔子从另一角度阐释这首诗道:"清斯濯缨,浊斯濯足矣,自取之也",是说水之用途取决于自身的清浊,浑水不能怪人用它洗脚。小歌词,大道理,使这首诗臻于不朽。

越人歌

无名氏

今夕何夕兮①,搴洲中流②。今日何日兮,得与王子同舟③。蒙羞被好兮,不訾诟耻④。心几烦而不绝兮⑤,得知王子。山有木兮木有枝,心说君兮君不知⑥。

注　释

① 今夕何夕:赞叹语,指良辰。
② 搴洲:当作"搴舟",即荡舟。
③ 王子:此处指子皙,春秋楚国的楚共王之子。
④ 訾(zǐ):说坏话。诟(gòu)耻:耻辱。
⑤ 几:同"机"。
⑥ 说:通"悦"。

简　评

这是一首恋歌。据刘向《说苑·善说》记载,楚王子鄂君子皙初至封地举行舟游,钟鼓齐鸣。摇舟的越人趁乐声刚停,便抱双桨用方言唱了一支歌。子皙听不懂,叫身边的人翻译成楚语,就是这首歌谣。这是中国最早的翻译作品,反映了当时不同民族人民和谐相处,表达了一种超越阶级,乃至超越性别的爱恋之情,成为一首再创作而成功的楚歌。"山有木兮木有枝,心说君兮君不知"也成为表达爱慕之心的千古名句。

易水歌

荆轲

风萧萧兮易水寒①，壮士一去兮不复还②。

作　者

荆轲（？—前227年），战国时卫国（今属河南）人。游历燕国时被燕太子丹拜为上卿，受命谋刺秦王嬴政，未遂被杀。

注　释

① 萧萧：秋风呼啸声。易水：水名，在今河北易县，当时为燕国南界。
② 壮士：荆轲自指。

简　评

这首诗由一个起兴句和一个主题句构成。主题句即"壮士一去兮不复还"。这句诗的感召力，不来自于"壮士一去"，而来自于"不复还"。荆轲并不知道他的成功概率有多大，却知道生还机会完全没有。但凭"士为知己者死"的信条，即毫不犹豫地上路，而且是头也不回。所谓"虽不能至，然心向往之"，这就是其精神感召力的来由了。第一句兴语对主题句的抒情也起了显著的作用。起兴一般从眼前景说起，另一个作用是定韵。然而"风萧萧兮易水寒"这个眼前景，并不是纯客观地写景，而是有很强的主观感情色彩，有一种天人感应的意味。这样的天气，这样的地点，好像是专门为荆轲上路设计好以壮行色的。好的兴语，都应该做到这样。这首诗的本事，据《史记》载："太子及宾客知其事者，皆白衣冠以送之。至易水之上,既祖,取道,高渐离击筑,荆轲和而歌,为变徵之声,士皆垂泪涕泣。又前而为歌曰:'风萧萧兮易水寒,壮士一去兮不复还!'复为羽声慷慨,士皆瞋目,发尽上指冠。于是荆轲就车而去,终已不顾。"依托于这个好的故事,这首诗得到了有力的传播。

大风歌

刘邦

大风起兮云飞扬,威加海内兮归故乡①。安得猛士兮守四方②!

作　者

刘邦(前247年—前195年),字季,沛县(今属江苏)人。汉高祖,西汉开国皇帝,生平事迹见《史记·高祖本纪》。

注　释

①威:权威。加:施加。海内:四海之内,即天下。古人认为天下是一片大陆。

②安得:怎样得到。守:保卫。四方:指代国家。

简　评

这首诗是汉高祖十二年(前196年),刘邦平定英布之乱,凯旋路过沛县时作。《史记·高祖本纪》载:"高祖还归,过沛,留。置酒沛宫,悉召故人父老子弟纵酒,发沛中儿得百二十人,教之歌。酒酣,高祖击筑,自为歌诗曰:'大风起兮云飞扬,威加海内兮归故乡，安得猛士兮守四方！'令儿皆和习之。高祖乃起舞，慷慨伤怀，泣数行下。"可见诗是兴会之作。"大风起兮云飞扬"一句是起兴。风云本是天象，也可隐喻时局，风卷残云可以象征平叛。这一句可以说是先声夺人。"威加海内"四字紧承"大风起兮云飞扬"。"威"是权威，这个权威不是凭空树立，而是打出来的，是历史形成的，是天下归心的，所以这四个字很厚重。"归故乡"三字，不仅是写凯旋，而且有"衣锦还乡"的意思。"安得猛士兮守四方"一句是在发感慨，是全诗的结穴，是重中之重。其由平叛之事引起，是有感而发。有道是："创业难，守业更难。""守"是一个关键字。天下统一，不等于天下太平。领土要守，边防要守；守要得人，而得人最难。这一问可以称为"汉高祖之问"，包含着刘邦对英布叛变一事的深刻反省。百感交集，一时兴会，慷慨伤怀，泣数行下，出自非常之口，遂成非常之诗。

垓下歌①

项羽

力拔山兮气盖世，时不利兮骓不逝②。
骓不逝兮可奈何，虞兮虞兮奈若何③！

作　者

项羽（前232年—前202年），名籍，一字子羽，下相（今江苏宿迁）人，秦末随叔父项梁起兵吴中（今江苏苏州）。秦亡，自立为西楚霸王，并分封诸侯王。后与刘邦争夺天下兵败，自刎于

16　古诗一百首

乌江（在今安徽和县东北）。

注　释

①垓（gāi）下：古地名，在今安徽灵璧南沱河北岸，项羽兵败处。
②骓（zhuī）：乌骓，黑色马名，项羽的坐骑。
③虞：即虞姬。奈若何：拿你怎么办。若，你。

简　评

　　这首诗见于《史记·项羽本纪》。项羽兵败垓下，司马迁的神来之笔，一是写四面楚歌，从精神上瓦解项羽的军心；另一就是由四面楚歌引出项羽的《垓下歌》，也是一首楚歌，相当于绝命诗。这首诗表现出这位性情刚烈的人物性格上温润的一面。在最后的关头，只有一个楚楚可怜的美人对他一掬同情之泪，更衬托得其下场的可悲。至今活跃于戏剧舞台上的"霸王别姬"，就是根据这首诗歌敷衍而成的。清代周亮工质疑道："垓下是何等时，虞姬死而子弟散，匹马逃亡，身迷大泽，亦何暇更作歌诗？即有作，亦谁闻之，而谁记之欤？吾谓此数语者，无论事之有无，应是太史公笔补造化，代为传神。"清代吴见思评："一腔愤怒，万种低回，地厚天高，托身无所，写英雄失路之悲至此极矣"，可以参考。

歌

李延年

　　北方有佳人，绝世而独立①。一顾倾人城②，再顾倾人国③。宁不知倾城与倾国④，佳人难再得。

作　者

李延年，生卒年不详，中山（今河北定州）人，其父母兄弟皆乐人。起初犯法，受腐刑，被拘监中。后因其妹李夫人得宠于汉武帝，故被赦，颇受宠，官协律都尉。及李夫人卒，被诛。事迹见《汉书·外戚传上·孝武李夫人》。

注　释

①绝世：冠绝当时，举世无双。
②顾：看。倾人城：倾覆城邦。《大雅·瞻卬》："哲妇倾城。"
③倾人国：倾覆国家。原指因沉迷女色而亡国，后多用来形容女性容貌极美。
④宁（nìng）不知：怎么不知道。

简　评

这是一首美人赋。据《汉书·外戚传上》载，在一次宫宴上，李延年献舞时唱了这首诗。汉武帝听后不禁感叹：世间哪有这样的佳人呢？平阳公主就向他推荐了李延年的妹妹。汉武帝对其一见钟情，这就是后来成为汉武帝宠妃的李夫人。这首诗开篇两句就先声夺人，制造悬念：偌大一个北方，居然出了这样绝代的佳人，她的美到底怎样呢？于是有三、四两句："一顾倾人城，再顾倾人国。"这真是语不惊人死不休。"倾城""倾国"本来都是贬义词，他却贬义褒用，用来赞美佳人之美到极致。联想到古希腊传说中的海伦，绝代佳人居然引发了战争，是好事还是坏事？诗的五、六句不正面回答这个问题，却悠谬其词道："宁不知倾城与倾国，佳人难再得。"似乎是在为那些沉溺女色的帝王辩诬。白居易《李夫人》阐释道："人非木石皆有情，不如不遇倾城色。"一首诗创造了两个词，足臻不朽矣。

琴歌二首

司马相如

凤兮凤兮归故乡①,遨游四海求其凰②。时未遇兮无所将③,何悟今兮升斯堂。有艳淑女在闺房④,室迩人遐毒我肠⑤。何缘交颈为鸳鸯⑥,胡颉颃兮共翱翔⑦。

凰兮凰兮从我栖,得托孳尾永为妃⑧。交情通意心和谐,中夜相从知者谁?双翼俱起翻高飞,无感我思使余悲。

作　者

司马相如(前179年—前117年),字长卿,西汉蜀郡成都(今属四川)人。初为景帝武骑常侍,因病免,游于梁园,与邹阳、枚乘等为友。因善辞赋为武帝赏识,用为郎,又拜中郎将,宣谕西南。后转孝文园令。有明辑本《司马文园集》。

注　释

① 凤:凤为雄鸟,司马相如自比。
② 凰:凰为雌鸟。
③ 将:携带。
④ 有艳:艳艳,美丽的。
⑤ 迩(ěr):近。遐:远。毒:难受,痛苦。
⑥ 交颈:形容夫妻亲爱。
⑦ 颉颃(xiéháng):鸟儿自由飞翔的样子。
⑧ 孳(zī)尾:交尾,此处指婚配。

简　评

　　这两首琴歌据说是司马相如对卓文君示爱的诗,首见于梁朝徐陵所编《玉台新咏》,近人疑为两汉琴工所为。凤凰是中国古代传说中的神鸟,雄为凤,雌为凰,"雄鸣曰即即,雌鸣曰足足"。故昔人以"凤凰于飞""鸾凤和鸣"喻和谐的夫妇关系。汉景帝时,司马相如曾投奔爱好文学而招贤纳士的梁孝王。在梁园,他与邹阳、枚乘等一批著名文人诗家以文会友。梁孝王死,相如回成都,其时家境衰微,尚未成家,故歌中引"遨游四海求其凰"以自譬。"颉颃"是形容鸟儿上下自由飞翔的样子,语出《诗经·邶风·燕燕》。"挚尾"则指鸟兽的交配。"妃,匹也"。第一首侧重于表爱慕之意,第二首则直接邀约对方为爱情而出走,歌词更见大胆炽热。这种旁若无人、公然相挑的言辞,放在现实生活中,是很难理喻的;然而,由琴工作为故事演唱,则容易感动受众。《琴歌》虽借用了骚体形式,但摒弃方言,而贴近口语,千古以下,仍觉得非常好懂。

秋风辞

刘彻

　　秋风起兮白云飞,草木黄落兮雁南归。兰有秀兮菊有芳①,怀佳人兮不能忘②。泛楼船兮济汾河③,横中流兮扬素波。箫鼓鸣兮发棹歌④,欢乐极兮哀情多。少壮几时兮奈老何?

20　古诗一百首

作　者

刘彻（前156年—前87年），汉景帝之子，即汉武帝，公元前140年即位，在位五十四年。在位期间为西汉极盛时期。长于诗赋，明代王世贞以为其文学成就在司马相如之下、扬雄之上。

注　释

①秀：开花。芳：香气。
②佳人：美人，指李夫人。一说喻贤才。
③泛：浮。楼船：建有楼台的大船。汾河：水名，起源于山西宁武，在河津附近汇入黄河。
④鸣：发声。发：引发。棹（zhào）歌：船工行船时所唱的歌。棹，船桨，代指船。

简　评

这是一首悲秋的诗，作于元鼎四年（前113年）秋，汉武帝刘彻在河东汾阴（今山西万荣西南）祭祀后土（土地神）期间。出巡途中传来南征将士的捷报，诗人乘坐楼船泛舟汾河，饮宴中流，欣慨交集，感而赋此。游乐与盛宴本来是人生最开心的事情，何况贵为天子之尊。然而秋风萧瑟，树叶尽落，北雁南飞，让人感到挽留不住美好的年华，诗人不禁想起已经逝去的佳人，尤其是那倾国倾城的李夫人。时光不饶人，环顾四周所有的人，连同自己，都在一天天老去，怎不叫人心生哀痛？全诗以兰、菊起兴，清词丽句，满心而发，感人至深。鲁迅称其"缠绵流丽，虽词人不能过也"。张玉谷谓"怀佳人"之句为一篇之骨，非常中肯，但认为是隐喻求仙，则比较牵强。

怨歌行

班婕妤

新裂齐纨素①,鲜洁如霜雪。裁为合欢扇②,团团似明月。出入君怀袖③,动摇微风发④。常恐秋节至⑤,凉飙夺炎热⑥。弃捐箧笥中⑦,恩情中道绝。

作　者

班婕妤,生卒年不详,楼烦(今山西宁武)人。成帝时选入宫,初为少使,有宠,立为婕妤。后为赵飞燕所谮,退居东宫。成帝卒,奉其园陵以终。

注　释

①新裂:指刚从织机上截下来。裂,截断。齐纨(wán)素:齐地(今属山东)出产的精细丝绢。纨素,两种细绢,纨比素更精致。素,生绢。
②合欢扇:绘有或绣有合欢图案的团扇。合欢图案象征和合欢乐。
③怀袖:胸口和袖口,犹言身边。
④动摇:摇动扇子。
⑤秋节:秋季。节,节令。
⑥凉飙(biāo):凉风。飙,风。
⑦捐:抛弃。箧笥(qièsì):盛物的竹箱。

简　评

这一首是最早的宫词。《乐府诗集·相和歌辞》解云:"汉成帝班婕妤失宠,求供养太后于长信宫,乃作怨诗以自伤。托辞于纨扇云。"诗人托物言志,通篇以团扇作比,假秋扇见捐,以喻嫔妃初得宠于君王,而终不免见弃的悲哀,相当巧妙。诗大体分为两段,前六句为第一段,喻宫嫔得宠的快乐。以"新"作首字,已遥启篇末厌旧之意。"纨素"的洁白,譬喻少女的纯洁无瑕;"合欢""团团"字面,形容宫嫔得宠时良好的自我感觉极切;而以夏日的扇子比喻女性的受宠,非常生活化。后四句为第二段,写对失宠的恐惧。时间是可怕的,它会暗中偷换人的容颜,也会在暗中偷换人心。"凉飙"与"微风"适成对照,它是夺爱者的象征,从"微风"的角度看,是很有压力,很有威胁性的。这里不但写出了客观的存在,同时也写出了主观的感觉。"箧笥"与"怀袖"构成另一组对照,是封闭空间(如冷宫)的象征,尤其在"出入君怀袖"后,再"弃捐箧笥中",那种感觉又是何等悲凉。"弃"字是全诗的关键字。篇末更点出"情""绝"二字,尤令人感到心惊。这首诗对唐代王昌龄等的宫怨诗有深远影响。

羽林郎 ①

辛延年

昔有霍家奴②,姓冯名子都。依倚将军势,调笑酒家胡③。胡姬年十五④,春日独当垆⑤。长裾连理带⑥,广袖合欢襦⑦。头上蓝田玉⑧,耳后大秦珠⑨。两鬟何窈窕⑩,一世良所无。一鬟五百万,两鬟千万余。不意金吾子⑪,娉婷过我庐⑫。银鞍何煜爚⑬,翠盖空踟蹰⑭。就我求清酒,丝绳提玉壶。就我求珍肴,金盘脍鲤鱼⑮。贻我青铜镜,结我红罗裾。不惜红罗裂,何论轻贱躯。男儿爱后妇,女子重前夫。人生有新故,贵贱不相逾⑯。多谢金吾子,私爱徒区区⑰。

作　者

辛延年,东汉人。生平无可考。

注　释

① 羽林郎:汉代禁军官名,掌宿卫、侍从。
② 霍家:指西汉大将军霍光之家。奴:一作姝。
③ 酒家胡:原指酒家当垆侍酒的胡姬。后亦泛指酒家侍者或卖酒妇女。
④ 姬:美貌的女子。
⑤ 当垆(lú):卖酒。垆,旧时酒店里安放酒瓮的土台子。
⑥ 裾(jū):衣襟。
⑦ 合欢襦:绣有合欢花的短袄。
⑧ 蓝田玉:此处指用蓝田产的玉制成的首饰,是名贵的玉饰。蓝田,即蓝田山,以产玉著称。
⑨ 大秦珠:西域大秦国产的宝珠,也指远方异域所产的宝珠。
⑩ 鬟(huán):古代妇女梳的环形发髻。
⑪ 金吾子:即执金吾,是汉代掌管京师治安的武职官员,同羽林郎。
⑫ 娉(pīng)婷:形容女子姿态美,胡姬自谓。庐:房舍。
⑬ 煜爚(yùyuè):光辉灿烂。
⑭ 翠盖:饰以翠羽的车盖。踟蹰(chíchú):徘徊不进的样子。
⑮ 脍(kuài):细切的肉,一作鲙。
⑯ 逾:超越。
⑰ 私爱:单相思。徒:徒劳。

简　评

　　这首诗写一个汉代禁卫军官调戏一位酒家胡女而遭到严词拒绝的故事。自汉代通西域以来,西域人就有居内地经商者,诗中"酒家胡"即当垆卖酒的胡女。前四句是故事内容提要。"依""势"二字,最有意味。盖权门中人搞惯了权钱交易、权色交易,以为无不如志,两个字就给羽林郎冯子都的所作所为定了性。全诗也就是要把这个无价值的东西撕毁给人看。诗中的禁卫军官虽是一表人才,胡姬却反感他的炫耀("银鞍何煜爚"二句)、摆阔("就我求清酒"四句)和轻薄("贻我青铜镜"二句),所以正颜厉色地教训他("男儿爱后妇"四句)。诗中刻画的这两个人物,身份一贵一贱,而通过在酒店的戏剧性较量,诚如左思《咏史》所说:"贵者虽自贵,视之若埃尘。贱者虽自贱,重之若千钧",十分耐人寻味。诗中夸耀胡姬之美说"一鬟五百万,两鬟千万余",沈德潜评点道:"须知不是论鬟",人格高贵也。

别诗

苏李诗

携手上河梁[①],游子暮何之[②]。徘徊蹊路侧[③],恨恨不得辞[④]。行人难久留,各言长相思。安知非日月[⑤],弦望自有时[⑥]。努力崇明德,皓首以为期[⑦]。

苏李诗

苏李体是南朝梁昭明太子萧统《文选》中所选的十余首汉代五言诗,据说是苏武、李陵二人相互赠别之作。宋代苏轼在其中读出"江汉"二字,便据以怀疑是后人的伪作。洪迈则挑出"盈觞"之"盈"犯了汉惠帝的讳,于是力挺伪作说。今人汪辟疆力排众议,认为苏武诗四首为别李陵之说起于唐代,主张"与过而疑之,宁过而存之"。无论如何,这组诗属于汉诗这一点是毫无疑问的。

注　释

① 河梁：河桥。
② 何之：何往。
③ 蹊路侧：道路旁。
④ 悢（liàng）悢：惆怅的样子。不得辞：说不出话来。
⑤ 日月：偏义于"月"。
⑥ 弦：月半时叫弦，上半月为上弦，下半月为下弦。望：月满叫望。这一句连同上一句即月有阴晴圆缺之意。
⑦ 努力崇明德，皓首以为期：互相勉励提高品德，终生努力。

简　评

这首诗相传为李陵赠别苏武之作。前四句把送别场景置于暮色苍茫的背景之上，写出赠别双方临歧彷徨、依依不舍之状，令人一读难忘，堪称佳句。中四句写互相劝慰。"安知非日月"二句，直启苏东坡之"人有悲欢离合，月有阴晴圆缺"之名句。略嫌不足之处，是最后两句"努力崇明德，皓首以为期"，属于门面话。当时的实际情况，人们临别赠言，总要说点冠冕堂皇的话，倒也并不影响整首诗的浑成之感。

战城南

汉乐府

战城南，死郭北①，野死不葬乌可食②。为我谓乌：且为客豪③。野死谅不葬④，腐肉安能去子逃⑤？水深激激⑥，蒲苇冥冥。枭骑战斗死⑦，驽马徘徊鸣⑧。梁筑室，何以南，何以北？禾黍不获君何食？愿为忠臣安可得？思子良臣⑨，良臣诚可思。朝行出攻，暮不夜归。

汉乐府

　　汉乐府是两汉乐府官署所采制的诗歌。汉代乐府官署大规模搜集歌辞始自武帝时。采诗的目的一是考察民情，二是丰富乐章，以供宫廷各种典礼以至娱乐之用。汉乐府歌辞多感于哀乐，缘事而发，现存作品多为东汉人所作。宋代郭茂倩所编《乐府诗集》是收罗汉迄五代乐府最为完备的一部诗集。

注　释

①郭：外城。
②野死：战死于野外。乌：乌鸦。
③客：指战死者，死者多为外乡人，故称。豪：同"嚎"，大声哭叫。
④谅：当然。
⑤安：怎么。去子逃：逃得过你。子，你，指乌鸦。
⑥激激：清澈的样子。
⑦枭（xiāo）骑：指善战的骏马。枭，通"骁"。
⑧驽（nú）马：劣马。
⑨良臣：即忠臣。

简　评

　　这是一首反战的诗。通过对凄惨荒凉的战场的描写，揭露战争的残酷性和穷兵黩武的罪恶。"战城南，死郭北"两句互文见义，是说城南在打仗、在死人，城北也在打仗、在死人。"为我谓乌"乃诗人的致辞，间接刻画出一场恶战之后，战场上尸横遍野，群鸦乱噪，无人吊唁，甚可悲悯的情景。"水深激激，蒲苇冥冥"突作兴语，更加深了悲凉的感觉。"枭骑战斗死"二句，用比兴手法写战争的残酷性，死的是健儿，剩下的是老弱病残。"梁筑室"的"梁"指桥梁，桥梁上所筑之"室"是工事。桥梁本以通南北，今筑工事于其上，则何以通南？何以通北乎？"禾黍不获君何食"

二句,说壮丁都抓走了,没人种地又吃什么呢?愿为忠臣又怎么可能?这句话是对统治者的警告。"思子良臣"四句,是说想想那些战死者吧,他们不都堪称良臣吗?然而,打早上出战,晚上再也没能回来。诗中对良臣之死,并非赞美着、歌颂着,而是伤悼着、惋惜着。诗中渲染的是战争的残酷和恐怖,诗人的倾向是反战的。

有所思①

汉乐府

有所思,乃在大海南。何用问遗君②?双珠玳瑁簪③,用玉绍缭之④。闻君有他心,拉杂摧烧之⑤。摧烧之,当风扬其灰。从今以往,勿复相思。相思与君绝。鸡鸣狗吠,兄嫂当知之。妃呼豨⑥。秋风肃肃晨风飔⑦,东方须臾高知之⑧。

注 释

① 有所思:指所思念的人。
② 何用:何以。问遗:赠予,问、遗二字同义。
③ 玳瑁(dàimào):一种龟类爬行动物,甲壳可制装饰品。簪:用来固定发髻或冠的别针。
④ 绍缭:犹"缭绕",缠绕。
⑤ 拉杂:堆集。这句是说,听说情人另有所爱了,就把原拟赠送给他的玉、双珠玳瑁簪堆集在一块砸碎,烧掉。
⑥ 妃呼豨(bēixūxī):感叹词,即"悲嘘唏"。
⑦ 肃肃:风声。晨风:鸟名。《诗经·秦风·晨风》:"鴥彼晨风,郁彼北

林。"飔（sī）：据闻一多《乐府诗笺》说：飔当为思，是恋慕的意思。一说，晨风飔即晨风凉。

⑧高："皜"的假借字，亮。

简　评

　　这首诗写一个热恋中的女子突然听说对方变心之后的痛苦复杂的心情。"有所思，乃在大海南"，先言所爱居住之地作为开篇。赠爱人以礼物，是示爱的一种方式，古今无异。礼物最好亲手做成，"双珠玳瑁簪"就是用玳瑁做成两边各悬一颗珠子的簪子；又"用玉绍缭之"，即以玉环缠绕在一起作为装饰。这件珍贵的礼物后来竟被女子亲手毁了，因为她听说爱人移情别恋，一气之下把礼物付之一炬，还"当风扬其灰"。《红楼梦》第十八回有一个"林黛玉误剪香囊袋"的情节似之。诗中"鸡鸣狗吠，兄嫂当知之"二句，意不甚明。或言女子的隐私为兄嫂所知；一说是女子一夜未睡，又怕兄嫂知道。"晨风"是鸟名，一说为雄鸟，因慕配偶而悲鸣，隐喻着女子求偶的失败。最后一句说等到东方太阳升起以后总会知道怎么办，这就是所谓的"车到山前必有路"。时间是包治百病的良药，暂时拿不定主意的事，不妨放一放。不了了之，也是一种办法。

箜篌引

汉乐府

公无渡河①，公竟渡河！堕河而死，其奈公何②？

注 释

①无：通"毋"，不要。
②其奈公何：我拿你有什么办法呢。

简 评

这是一首悲歌。崔豹《古今注》记载："朝鲜津卒霍里子高晨起撑船，见一白首狂夫，披发提壶，乱流而渡，其妻随而止之，不及，遂堕河而死。于是援箜篌而歌曰：'公无渡河，公竟渡河，堕河而死，当奈公何。'曲终，亦投河而死。子高还，以语其妻丽玉。丽玉伤之，乃援箜篌而写其声，闻者莫不堕泪饮泣。"丽玉所写的歌词就是这首《箜篌引》。这首诗中有两个角色：一个是白首狂夫，明明必死无疑，却非要渡河而投身乱流，其结果必然是悲剧性的；另一个是清醒者，欲阻止其疯狂行为，而无济于事。这个故事的象征意义，远大于故事本身。诗中两个角色，略约相当于《楚辞·渔父》中的屈原和渔父，只不过《箜篌引》用第二人称的语气，更是直见性命。诗中的白首狂夫比屈原更激进，而抒情主人公比渔父更悲怆而已。李白曾写过一首长篇的《公无渡河》，对这首诗加以演绎。梁启超认为诗所张扬的，是类乎谭嗣同那样的殉道精神，称这"十六字惊天动地"。

上邪①

汉乐府

上邪！我欲与君相知②，长命无绝衰③。山无陵④，江水为竭，冬雷震震⑤，夏雨雪⑥，天地合，乃敢与君绝。

注　释

①上邪（yé）：天啊。邪，语气助词。
②相知：结为知己。
③命：同"令"。衰：衰减。
④陵：山峰。
⑤震震：形容雷声。
⑥雨（yù）雪：降雪。

简　评

　　这是一首情歌。其奇警处在于，女主人公为了向爱人表白自己的心迹，连举天地间不可能发生的五件事（高山夷为平地，江水枯竭，冬日打雷，夏天下雪，天地合一）来表达自己对爱情的坚贞不移。女主人公火一样的热情和急于表白自己的情态，使这首小诗具有感人的力量。须知处在封建时代，这样追求自由的爱情，表明义无反顾的决心和信念，是要有很大的勇气的。参读后代一些民歌，有助于理解此诗特定前提，如"打不丢来骂不丢，越打越骂越要偷"。清代张玉谷评："首三正说，意言已尽，后五反面竭力申说。如此然后敢绝，是终不可绝也。选用五事，两就地维说，两就天时说，直说到天地混合，一气赶落，不见堆垛，局奇笔横"，句句在理。

江南

汉乐府

　　江南可采莲，莲叶何田田①。鱼戏莲叶间，鱼戏莲叶东，鱼戏莲叶西，鱼戏莲叶南，鱼戏莲叶北。

注　释

①何：多么。田田：莲叶平铺相连的样子。

简　评

这是最早的一首采莲诗，写采莲季节的良辰美景及采莲人快活的心情。"江南可采莲"二句，是说采莲季节到了。"莲叶何田田"，清代张玉谷认为不写花只写叶，意为叶尚且可爱，花更不待言。其实采莲时节，荷花已开过了。这首诗最别致的地方，是正津津乐道采莲和莲叶的时候，话题却转移到了观鱼，而且连用了五个叠句，每句只有末字不同，分别以方位词"间""东""西""南""北"依次替换，除了"间"字用作韵脚外，后面几句连韵也不管了。清代沈德潜赞为"奇格"。其实诗人并非有意猎奇，而是写来唱的，不是写来看的。这首诗原见于《宋书·乐志》，为《相和歌辞·相和曲》。这里包含一个暗示，即前三句是领唱者唱的，后四句是众人的和声（也就是帮腔）。歌曲以旋律作主，韵脚就不那么重要了。闻一多从民俗学角度，考证这首诗写鱼水之欢，有影射爱情生活的含义。

陌上桑①

汉乐府

日出东南隅，照我秦氏楼。秦氏有好女，自名为罗敷②。罗敷喜蚕桑，采桑城南隅。青丝为笼系③，桂枝为笼钩④。头上倭堕髻⑤，耳中明月珠。缃绮为下裙⑥，紫绮为上襦。行者见罗敷,下担捋髭须。少年见罗敷,脱帽着帩头⑦。耕者忘其犁,锄者忘其锄。来归相怨怒,但坐观罗敷⑧。使君从南来⑨,五马立踟蹰。使君遣吏往,问是谁家姝⑩。秦氏有好女,自名为罗敷。罗敷年几何?二十尚不足,十五颇有余。使君谢罗敷⑪,宁可共载不⑫?罗敷前置辞:使君一何愚。使君自有妇,罗敷自有夫。东方千余骑,夫婿居上头⑬。何用识夫婿?白马从骊驹。青丝系马尾,黄金络马头。腰中鹿卢剑⑭,可直千万余。十五府小吏,二十朝大夫,三十侍中郎⑮,四十专城居⑯。为人洁白皙,鬑鬑颇有须⑰。盈盈公府步⑱,冉冉府中趋⑲。坐中数千人,皆言夫婿殊。

注　释

①陌:田间小路。桑:桑林。

②自名:本名。

③笼:篮子。系:提篮的绳子。

④笼钩:挑竹筐的一种工具,采桑也可以用来钩桑枝。

⑤倭(wō)堕髻(jì):古代妇女发髻式样,流行于汉魏时期。发髻偏在一边呈坠落状。

⑥缃绮:浅黄色的丝织品。

⑦帩(qiào)头:古代男子束发的头巾。

⑧坐:因为。

⑨使君:汉代对太守的称谓。

⑩姝(shū):美丽的女子。

⑪谢:请问。

⑫不:通"否"。

⑬居上头:在行列的前端。

⑭鹿卢剑:剑把以丝绦缠绕,像辘轳的样子。鹿卢,即辘轳,井上绞起汲水斗的装置。

⑮侍中郎:出入宫禁的侍卫官。

⑯ 专城：主宰一城的州牧或太守等地方长官。
⑰ 鬑（lián）鬑：稀疏的样子。
⑱ 盈盈：仪态端庄美好。
⑲ 冉冉：走路缓慢。

简　评

　　这首诗写一位太守对采桑的美女罗敷进行调戏，而碰了一鼻子灰的喜剧故事。诗分三段。前二十句为第一段，写罗敷采桑。诗人没有花功夫正面刻画罗敷外貌，只就两处落笔：一处是刻画她的服装与道具的精致美丽，其实这里当是比照舞台的形象，对人物做了一番形象设计，通过着装来衬托罗敷之美；另一处是写罗敷出现引来围观，更是通过美的效果写美。这里，诗人还捎带了一点对人性的善意揶揄："耕者忘其犁，锄者忘其锄。""使君从南来"到"罗敷自有夫"为第二段，写太守下乡。太守为罗敷美貌吸引，派出手下去和罗敷谈条件，事实上构成对罗敷的骚扰。"东方千余骑"至结尾为第三段，写罗敷夸夫，显得使君找错对象，自讨没趣。因为罗敷深爱她的夫婿，所以容不得别人插足。诗中使君并非大恶，罗敷让他碰一鼻子灰，小小地受一次教训，恰到好处，这也使得全诗气氛轻松，富于喜剧性。

东门行①

汉乐府

　　出东门，不顾归②。来入门，怅欲悲。盎中无斗米储③，还视架上无悬衣④。拔剑东门去，舍中儿母牵衣啼⑤：他家但愿富贵⑥，贱妾与君共哺糜⑦。上用仓浪天故⑧，下当用此黄口儿⑨，今非⑩。咄⑪！行⑫！吾去为迟⑬。白发时下难久居⑭。

注　释

① 东门：主人公所居之处的东城门。
② 不顾归：决然前往，不考虑归来不归来的问题。顾，考虑。
③ 盎（àng）：大腹小口的陶器。
④ 还视：回头看。架：衣架。
⑤ 儿母：孩子母亲。
⑥ 他家：别人家。
⑦ 哺糜（mí）：吃粥。糜，稀粥。
⑧ 用：看在某某份上。仓浪天：即苍天。
⑨ 黄口儿：幼儿。
⑩ 今非：现在的行为是错的。
⑪ 咄：呵斥声。
⑫ 行：走啦。
⑬ 吾去为迟：我已经去晚了。
⑭ 下：脱落。

简　评

这首诗写官逼民反。一贫民因家庭生活濒临绝境，铤而走险。前两句作决绝语，表示决心要反到底，说什么也不回头。紧接补叙出反的原因是无衣无食——"盎中无斗米储，还视架上无悬衣"。这当然有租赋徭役的原因。以下写丈夫拔剑出门的当儿，妻子牵衣哭劝，使诗生出波澜。这番话可谓字字血、声声泪，为丈夫的虽然心如刀绞，但他思想上已经反复考虑、斗争过了。正如陈涉、吴广共商举义时所说的——"今亡亦死，举大计亦死，等死，死国可乎？"所以诗中主人公最后还是硬着心肠别妇抛雏而去了。不幸不争和反抗斗争两个类型，都具有典型意义，集中表现在一对夫妻身上，又是通过一方苦苦挽留，而一方断然引去的离别情节来表现，意味就更加深长。

十五从军征

汉乐府

十五从军征，八十始得归。道逢乡里人，家中有阿谁①？遥望是君家，松柏冢累累②。兔从狗窦入③，雉从梁上飞④。中庭生旅谷⑤，井上生旅葵⑥。舂谷持作饭，采葵持作羹。羹饭一时熟，不知贻阿谁⑦。出门东向看，泪落沾我衣。

注　释

①阿谁：即谁。阿，发语词。
②松柏：古人于坟场多植松柏。冢（zhǒng）累累：坟墓一个连着一个。冢，坟墓。
③狗窦：给狗出入的墙洞。窦，洞穴。
④雉：野鸡。
⑤中庭：屋前的院子。旅：野生。
⑥旅葵：野生葵菜，嫩叶可食。
⑦贻：同"贻"，赠送。

简　评

这首诗写一位老兵退伍回到乡里，找不到归宿，艺术概括性很强。诗中老兵十五岁从军，八十岁才得以回来，路遇家乡人打听家中情况，那人却指着一片坟地棺山道："那就是你的家。"老家看不到家畜，只看到兔、雉等野物，连庄稼也是野生的，"旅谷""旅葵"即"野谷""野葵"。"兔从狗窦入，雉从梁上飞。中庭生旅谷，井上生旅葵"，一派荒凉。一无所有的他只能以野谷野菜为炊，做成后因为思念家人，咽不下去，就倚在门边张望，好像等待着亲人归来，下意识地盼望奇迹发生似的。这首诗详于叙事而略于抒情，写得相当从容平淡，越是从容平淡，越使人感到深深的悲哀——诗中情事在当时应该是相当普遍。杜甫《无家别》《兵车行》都受到这首诗的影响。

上山采蘼芜

汉乐府

上山采蘼芜，下山逢故夫。长跪问故夫①：新人复何如②？新人虽言好，未若故人姝③。颜色类相似④，手爪不相如⑤。新人从门入，故人从阁去⑥。新人工织缣，故人工织素⑦。织缣日一匹⑧，织素五丈余。将缣来比素，新人不如故。

注　释

① 长跪：直身而跪，古时席地而坐，长跪表示敬意。故夫：前夫。
② 新人：新婚妻子，相对前妻而言。
③ 姝：好，不限于容貌。
④ 颜色：姿色。
⑤ 手爪：指手上功夫。
⑥ 阁（gé）：旁门，小门。
⑦ 缣（jiān）、素：都是绢。素白缣黄，素贵缣贱。
⑧ 匹：古代一匹长四丈，宽二尺二寸。

简　评

　　这是一首弃妇诗。主人公与她的故夫偶然重逢，进行了一段简短的问答。从两人见面说的话看，这男子对前妻还是很有感情的，如说新人从相貌、手工来看都不比旧人强，等等。因而，造成这一对夫妻相离的悲剧的主要原因，恐怕和《孔雀东南飞》所反映的那样，是家长的专制。"新人从门入，故人从閤去"二句须作弃妇的话才有味，因为故夫说新不如故，是含有念旧的感情的，使她听了立刻觉得要诉诉当初的委屈。这么一来就逼出男人说出一番具体比较。全诗充满对被弃女子的同情，写法也相当朴素，基本上是由几句对话构成，却能情景毕现。

长歌行

汉乐府

　　青青园中葵①，朝露待日晞②。阳春布德泽③，万物生光辉。常恐秋节至，焜黄华叶衰④。百川东到海，何时复西归？少壮不努力，老大徒伤悲⑤！

注　释

① 葵：古代重要蔬菜之一。
② 朝露：清晨的露水。晞：本指天亮，引申为阳光照耀。
③ 阳春布德泽：阳春的露水和阳光都是大自然的恩惠，即所谓的"德泽"。布，布施。
④ 焜黄：色衰。此处形容草木凋落枯黄的样子。华：同"花"。
⑤ 徒：白白地。

简 评

这是一首劝学的诗,也是古诗中不可多得的箴言诗。"青青"不只写颜色,而更多地用于形容植物茂盛的样子,在这个意义上同于"菁菁"。"朝露待日晞",即晨露未晞,还处在朝气蓬勃的时刻。"阳春布德泽"二句喻少壮时一切欣欣向荣;"常恐秋节至"二句则照应晨露易晞的意思,谓人生之易老。"焜黄"一词,吴小如认为其与"焜煌"是同一个词,本指花色缤纷灿烂的样子,与前两句中的"光辉"一词呼应,是说一旦秋天到来,色泽鲜美的花叶恐怕也会衰败了。最后两句以百川东流入海为喻,言韶光一去不复返,更因势利导,劝人及时努力,不可虚度青春。诗人并不因为生命短暂,而产生无所作为的结论,反而劝人及时建树,实现人生的价值。诗的主题严肃而健康,又毫无空洞说教的毛病。

孔雀东南飞 [①]

汉乐府

(汉末建安中,庐江府小吏焦仲卿妻刘氏,为仲卿母所遣,自誓不嫁。其家逼之,乃投水而死。仲卿闻之,亦自缢于庭树。时人伤之,为诗云尔。)

孔雀东南飞,五里一徘徊[②]。"十三能织素[③],十四学裁衣。十五弹箜篌[④],十六诵诗书[⑤]。十七为君妇,心中常苦悲。君既为府吏,守节情不移[⑥]。鸡鸣入机织,夜夜不得息。三日断五匹[⑦],大人故嫌迟[⑧]。非为织作迟,君家妇难为。妾不堪驱使,徒留无所施。便可白公姥⑨,及时相遣归。"府吏得闻之,堂上启阿母:"儿已薄禄相⑩,幸复得此妇。结发同枕席⑪,黄泉共为友。共事二三年,始尔未为久⑫。女行无偏斜,何意致不厚⑬?"阿母谓府吏:"何乃太区区⑭!此妇无礼节,举动自专由⑮。吾意久怀忿,汝岂得自由?东家有贤女,自名秦罗敷。可怜体无比⑯,阿母为汝求。便可速遣之,遣去慎莫留。"府吏长跪告,伏惟启阿母⑰:"今若遣此妇,终老不复取⑱。"阿母得闻之,槌床便大怒⑲:"小子无所畏,何敢助妇语?吾已失恩义,会不相从许⑳。"府吏默无声,再拜还入户。举言谓新妇㉑,哽咽不能语:"我自不驱卿,逼迫有阿母。卿但暂还家,吾今且报府㉒。不久当归还,还必相迎取。以此下心意㉓,慎勿违吾语。"新妇谓府吏:"勿复重纷纭㉔。往昔初阳岁㉕,谢家来贵门㉖。奉事循公姥,进止敢自专?昼夜勤作息㉗,伶俜萦苦辛㉘。谓言无罪过㉙,供养卒大恩㉚。仍更被驱遣,何言复来还?妾有绣腰襦㉛,葳蕤自生光㉜。红罗复斗帐,四角垂香囊。箱帘六七十㉝,绿碧青丝绳。物物各自异,种种在其中。人贱物亦鄙,不足迎后人㉞。留待作遗施㉟,于今无会因㊱。时时为安慰,久久莫相忘。"鸡鸣外欲曙,新妇起严妆㊲。着我绣夹裙,事事四五通。足下蹑丝履㊳,头上玳瑁光㊴。腰若流纨素,耳着明月珰㊵。指如削葱根,口如含朱丹。纤纤作细步,精妙世无双。上堂谢阿母,母听去不止。"昔作女儿时㊶,生小出野里。本自无教训,兼愧贵家子。受母钱帛多,不堪母驱使。今日还家去,念母劳家里。"却与小姑别[42],泪落连珠子:"新妇初来时,小姑如我长。勤心养公姥,好自相扶将[43]。初七及下九[44],嬉戏莫相忘。"出门登车去,涕落百余行。府吏马在前,新妇车在后。隐隐何甸甸[45],俱会大道口。下马入车中,低头共耳语:"誓不相隔卿[46]!且暂还家去,吾今且赴府。不久当还归,誓天不相负。"新妇谓府吏:"感君区区怀。君既若见录[47],不久望君来。君当作磐石,妾当作蒲苇。蒲苇纫如丝[48],磐石无转移。我有亲父兄[49],性行暴如雷。恐不任我意,逆以煎我怀[50]。"举手常劳劳[51],二情同依依。入门上家堂,进退无颜仪[52]。阿母大拊掌[53]:"不图子自归[54]!十三教汝织,十四能裁衣。十五弹箜篌,十六知礼仪。十七遣汝嫁,谓言无誓违[55]。汝今无罪过,不迎而自归。"兰芝惭阿母:"儿实无罪过。"阿母大悲摧[56]。还家十余日,县令遣媒来。云"有第三郎,窈窕世无双[57]。年始十八九,便言多令才[58]"。阿母谓阿女:"汝可去应之。"阿女衔泪答:"兰芝初还时,府吏见丁宁[59],结誓不别离。今日违情义,恐此事非奇[60]。自可断来信,徐徐更谓之。"阿母白媒人:"贫贱有此女,始适还家门[61]。不堪吏人妇[62],岂合令郎君?幸可广问讯,不得便相许。"媒人去数日,寻遣丞请还。谁"有兰家女,承籍有宦官"[63]。云"有第五郎,娇逸未有婚[64]。遣丞为媒人,主簿通语言[65]"。直说"太守家,有此令郎君。既欲结大义,故遣来贵门"。阿母谢媒人:"女子先有誓,老姥岂敢言?"阿兄得闻之,怅然心中烦。举言谓阿妹:"作计何不量⑥？先嫁得府吏，后嫁得郎君。否泰如天地⑥，足以荣汝身。不嫁义郎体⑧，其往欲何云⑨？"兰芝仰头答："理实如兄言。谢家事夫婿，中道还兄门。处分适兄意⑩，那得自任专。虽与府吏要⑪，渠会永无缘⑫。登即相许和，便可作婚姻。"媒人下床去，诺诺复尔尔⑬。还部白府君⑭："下官奉使命⑮，言谈大有缘。"府君得闻之，心中大欢喜。视历复开书，便利此月内。六合正相应⑯。"良吉三十日。今已二十七，卿可去成婚⑰。"交语速装束⑱，络绎如浮云。青雀白鹄舫⑲，四角龙子幡⑳。婀娜随风转㉑，金车玉作轮。踯躅青骢马㉒，流苏金镂鞍㉓。赍钱三百万㉔，皆用青丝穿。杂彩三百匹㉕，交广市鲑珍㉖。从人四五百，郁郁登郡门㉗。阿母谓阿女："适得府君书，明日来迎汝。何不作衣裳，莫令事不举。"阿女默无声，手巾掩口啼，泪落便如泻。移我琉璃榻㉘，出置前窗下。左手持刀尺，右手执绫罗。朝成绣袷裙，晚成单罗衫。晻晻日欲暝㉙，愁思出门啼。府吏闻此变，因求假暂归。未至二三里，摧藏马悲哀㉚。新妇识马声，蹑履相逢迎。怅然遥相望，知是故人来。举手拍马鞍，嗟叹使心伤。"自君别我后，人事不可量。果不如先愿，又非君所详。我有亲父母，逼迫兼弟兄。以我应他人，君还何所望？"府吏谓新妇："贺卿得高迁。磐石方且厚，可以卒千年。蒲苇一时纫，便作旦夕间。卿当日胜贵，吾独向黄泉。"新妇谓府吏："何意出此言？同是被逼迫，君尔妾亦然。黄泉下相见，勿违今日言。"执手分道去，各各还家门。生人作死别，恨恨那可论。念与世间辞,千万不复全。府吏还家去,上堂拜阿母:"今日大风寒,寒风摧树木,严霜结庭兰。儿今日冥冥㉑,令母在后单。故作不良计㉒,勿复怨鬼神。命如南山石,四体康且直㉓。"阿母得闻之,零泪应声落:"汝是大家子,仕宦于台阁㉔。慎勿为妇死,贵贱情何薄。东家有贤女,窈窕艳城郭。阿母为汝求,便复在旦夕。"府吏再拜还,长叹空房中,作计乃尔立㉕。转头向户里,渐见愁煎迫。其日牛马嘶,新妇入青庐㉖。奄奄黄昏后㉗,寂寂人定初。"我命绝今日,魂去尸长留。"揽裙脱丝履,举身赴清池。府吏闻此事,心知长别离。徘徊庭树下,自挂东南枝。两家求合葬,合葬华山傍㉘。东西植松柏,左右种梧桐。枝枝相覆盖,叶叶相交通㉙。中有双飞鸟,自名为鸳鸯。仰头相向鸣,夜夜达五更。行人驻足听,寡妇起彷徨。多谢后世人㉚,戒之慎勿忘。

注　释

①题又作《古诗为焦仲卿妻作》。焦仲卿妻,女主人公,姓刘名兰芝,诗中例称"新妇"。焦仲卿为男主人公,庐江(今安徽怀宁、潜山一带)府吏。

②徘徊:原地盘旋。按汉乐府写夫妇离别者多以飞鸟失伴起兴,如《艳歌何尝行》:"飞来双白鹄,乃从西北来。十五五,罗列成行。妻卒被病,行不能相随。五里一反顾,六里一徘徊。"

③素:白绢。从这句到"及时相遣归"是刘兰芝对焦仲卿说的话。

④箜篌(kōnghóu):古代弦乐器。

⑤诗书:本指《诗经》《尚书》,泛指儒家典籍。

⑥守节:遵守府里的规矩。

⑦断:将织成的布从机上截下来。

⑧大人:指婆婆焦母,大人是对长辈的尊称。

⑨白公姥(mǔ):禀告婆婆。白,禀告。公姥,公婆,偏义于"姥",即

婆婆。

⑩ 薄禄相：官禄微薄的面相。

⑪ 结发：束发，古代男子二十岁、女子十五岁时把头发结起来，表示成年。此处指年轻时成婚。

⑫ 始尔：刚刚开始。尔，语助词。

⑬ 致不厚：招致不喜欢。

⑭ 区区：痴痴，情意真挚。

⑮ 自专由：与下文的"自由"都是自作主张的意思。专，独断专行。由，随意。

⑯ 可怜：可爱。体无比：姿色出众。

⑰ 伏惟：趴在地上想，古代下对上的谦辞。

⑱ 取：通"娶"。

⑲ 床：古代的一种坐具。

⑳ 会不相从许：坚决不答应你这个要求。会，一定。

㉑ 新妇：汉末对已婚妇女的通称。

㉒ 报府：回庐江府上班。

㉓ 下心意：放心，安心。

㉔ 勿复重纷纭：不必再添麻烦了。

㉕ 初阳岁：冬至以后，立春以前。

㉖ 谢家：辞别娘家。贵门：指焦家。

㉗ 作息：本指工作和休息，偏义于工作。

㉘ 伶俜（pīng）萦（yíng）苦辛：孤孤单单，受尽辛苦折磨。伶俜，孤单的样子。萦，缠绕。

㉙ 谓言：总以为。

㉚ 卒：完成，引申为报答。

㉛ 绣腰襦：绣花的齐腰短袄。

㉜ 葳蕤（wēiruí）：形容短袄上刺绣的花叶繁多而美丽。

㉝ 箱帘：即箱奁。帘，通"奁"，古代妇女梳妆用的镜匣。

㉞ 后人：指府吏将来再娶的妻子。

㉟ 遗施：捐赠。

㊱ 会因：见面的机会。

㊲ 严妆：郑重地梳妆打扮。

㊳ 蹑（niè）：指穿鞋。

㊴ 光：亮。

㊵ 明月珰（dāng）：用夜光珠串成的耳坠。

㊶ 昔作女儿时：以下八句是刘兰芝对焦母告别时说的话。

㊷ 却：从堂上退下来。

㊸ 扶将：扶持。

㊹ 初七及下九：初七指农历七月七日，即乞巧节。下九指每月的十九日（上九指每月的二十九日，中九指每月的初九）。初七与下九都是汉代妇女的传统节日。

㊺ 隐隐、甸甸：拟声词，均指车声。

㊻ 誓不相隔卿：从这句到"誓天不相负"是焦仲卿对刘兰芝说的话。

㊼ 若见录：这样牵挂我。

㊽ 纫：通"韧"，柔韧牢固。

㊾ 父兄：父亲兄长，偏义于兄。

㊿ 逆：想到这里。

㊄ 劳劳：忧愁伤感的样子。

㊅ 颜仪：面子。

㊆ 拊（fǔ）掌：拍手，表示惊诧的下意识动作。

㊇ 自归：指被驱遣回家，没通知娘家派人迎接。与下文"不迎而自归"同意。

㊈ 无誓违：不违背当初的誓言，即出嫁时对母亲的承诺。

㊉ 悲摧：悲痛，伤心。

㊊ 窈窕（yǎotiǎo）：容貌体态美好的样子，男女通用。

㊋ 便（pián）言：口才很好。多令才：多才多艺。令，美好。

㊌ 丁宁：同"叮咛"。

㊐ 非奇：不妙。

㊑ 适：出嫁。

㊒ 不堪：不能做。

㊓ "媒人去数日"四句：这四句可能有文字脱误，不能逐句解释清楚。寻，随即。丞，县丞。承籍，承继先人的仕籍。宦官，官宦，指做官的人。

㊔ 娇逸：俊美潇洒。

㊕ 主簿：府中文职。

㊖ 作计：拿主意。不量（liáng）：不加思索。

㊗ 否（pǐ）泰：《易经》中的两个卦名，否代表坏，泰代表好。

㊘ 义郎：男子的美称，指太守之子。

㊙ 其往欲何云：这样下去打算怎么办。何云，怎么办。

㊚ 处分：处置。

㊛ 要（yāo）：相约。

㊜ 渠会：同他相会。渠，他。

㊝ 诺诺：好的好的，这句描摹语气。尔尔：如此如此，这般这般。

㊞ 府君：对太守的尊称。

(75)下官：县丞自称。
(76)六合：古时结婚选择日子，要年月日的天干地支六字适合，才算吉日。
(77)卿：你，指称县丞。
(78)交语：交相传话。装束：指备办婚礼。
(79)青雀白鹄：指彩船的饰物。舫（fǎng）：船。
(80)龙子幡（fān）：绣龙的旗帜。
(81)婀娜（ēnuó）：轻轻飘动的样子。
(82)踯躅（zhízhú）：原地踏步的样子。青骢（cōng）马：青白杂毛的马。
(83)流苏：装在车马、楼台、帐幕等上面的穗状饰物。
(84)赍（jī）：赠送。三百万：概言其多。
(85)杂彩：各种颜色的绸缎。
(86)交广：交州广州，汉代南方郡名。鲑（xié）：这里是鱼类菜肴的总称。
(87)郁郁：繁盛的样子，此处指人多。
(88)榻（tà）：坐具。
(89)晻（yǎn）晻：日色昏暗无光的样子。
(90)摧藏（zàng）：摧折心肝，形容极度悲伤。藏，通“脏”。
(91)日冥冥：本意是日暮，这里用来比喻生命的终结。
(92)不良计：指自寻短见。
(93)四体：四肢，指身体。直：指腰板硬朗。
(94)台阁：本指尚书台，这里指府台。
(95)乃尔立：就这样决定了。
(96)青庐：用青布搭成的帐篷，举行婚礼之所。
(97)菴菴：同“晻晻”。
(98)华山：庐江郡内山名，不是西岳华山。
(99)交通：交错。
(100)谢：告诉。

简　评

这是一首反映封建家长造成婚恋悲剧的诗，诗题一作《古诗为焦仲卿妻作》。全诗情节的发展可以分为七大段，如仿传奇戏文给各段加上标题，依次是：请归、被遣、盟誓、婚变、生诀、殉情、合葬。而每段之中，又有波澜曲折的层次。诗中的主要人物形象的塑造，表现出深刻的生活洞察力和高超的写实再现能力。其中男女主人公都可以称为典型环境中的典型性格，如前文所分析,他们的性格是复杂的、多层次的组合,是活生生的个性,而不是概念化的产物。在汉乐府中,能达到如此高度的实在不多。诗中的人物语言达到了闻其声而知为何人的水平。"淋淋漓漓,反反复复,杂述十数人口中语,而各肖其声音面目,岂非化工之笔"(沈德潜)。这种个性化语言的描写,在古代叙事诗中不仅空前,而且绝后。当然,这首诗是属于那种元气淋漓的巨制,而并非精雕细刻之作,人们不难指出它的某些地方还不够精巧:如"寻遣丞请还"几句的苟简、"举动自专由"与"汝岂得自由"的韵脚重复,等等,但这毕竟是小疵,无伤大雅。由于在思想和艺术两方面的划时代成就,这首诗遂成为古代叙事诗中丰碑式的杰作,而垂辉千春。

行行重行行 ①

古诗十九首

行行重行行,与君生别离②。相去万余里,各在天一涯。道路阻且长,会面安可知。胡马依北风③,越鸟巢南枝④。相去日已远⑤,衣带日已缓⑥。浮云蔽白日,游子不顾反⑦。思君令人老⑧,岁月忽已晚⑨。弃捐勿复道⑩,努力加餐饭⑪。

古诗十九首

指东汉佚名文人抒情古诗共十九首,初见录于南朝梁昭明太子萧统《文选》。诗多反映汉末动乱时世中夫妇两地分居之苦及文人失落心态，而语言平易自然，如秀才对朋友说家常话，颇为后世称道。

注　释

① 行行重行行：意即行而不止。重，又。
② 生别离：古代流行语，犹言永别离。生，生生地。
③ 胡马：北方边区所产的马。依：依恋。
④ 越鸟：南方所产的鸟。这一句连同上一句都表示不忘根本。
⑤ 日已：日益，一天天越来越。远：久远。
⑥ 缓：宽松。意即人因相思而躯体一天天消瘦。
⑦ 顾反：还返。反，同"返"，回家。
⑧ 老：这里指形体消瘦、仪容憔悴。
⑨ 忽已晚：指年关忽近。
⑩ 弃捐：丢开。复：再。道：谈说。
⑪ 加餐饭：多吃饭，当时习用语。

简　评

这是一首思妇诗。前六句追述离别，后十句申诉相思。"行行重行行"，即走啊走、走啊走。"生别离"，是古代流行的用语，犹言永别离。"道路阻且长"，出自《诗经·秦风·蒹葭》。"胡马依北风"二句是古代歌谣中习用的比喻，皆不忘本之谓，可以理解为思妇揣度对方的情况。"相去日已远"以两个排比句，不说人日渐消瘦，而说衣带日渐宽松，久别与长期相思之苦都用暗示表达出来了。"浮云蔽白日"，是古代流行的比喻，用在这里是设想游子不思归来当是有外室，"思君令人老"就是这种心情的写照。"加餐饭"则是当时流行的慰问套话，犹言多多保重，用在这里是自我宽解的话。这首诗语言优美单纯，通过回环复沓、反复咏叹的表现手法来制造气氛。如"相去万余里""道路阻且长""相去日已远"，反复说一个相近似的意思来逐层加深其所表现的情感，这是从民歌叠句、叠章的形式中变化出来的。胡马、越鸟、浮云、白日的比喻，都很精当。

青青河畔草

古诗十九首

青青河畔草,郁郁园中柳。盈盈楼上女,皎皎当窗牖①。娥娥红粉妆②,纤纤出素手。昔为倡家女③,今为荡子妇④。荡子行不归,空床难独守。

注　释

①皎皎:洁白。牖(yǒu):本指古建筑中室与堂之间的窗子,泛指窗。
②娥娥:形容女子姿容美好。《方言》:"秦晋之间,美貌谓之娥。"
③倡家:古代指从事音乐歌舞的艺人。
④荡子:即游子。

简　评

　　这是一首思妇诗。前六句连用六个叠词句勾画出一幅精美的春色美人图。河边的草色是青青的,园中的柳条是茂盛的,在一派生意盎然的春光中,园林中心的楼头窗前,出现了一位皮肤白皙的少妇,风致盈盈。她的脸儿搽得粉红粉红的,白净的手儿细长细长的。诗中连用六个重叠的形容词,难得如此浑然天成。从草写到柳,从柳写到楼,从楼写到人,从人写到衣袖,从衣袖写到手,颜色是一步步由青而绿,而粉,而红,而终于又都停止在一点素净之上。六个叠字在音调上也富于变化,"青青"是平声,"郁郁"是仄声,"盈盈"又是平声,"皎皎"又是仄声;"娥娥""纤纤"虽同为平声,却是一清一浊。这样平仄相间,清浊映衬,利落错综,一片宫商,形成了自然而又丰满的音乐形象。后四句则写深藏在一片和谐中的寂寞。一个歌女出身的女人,她渴望过正常人的生活，于是发出放胆呼号，震撼人心。读者不以为鄙者，以其真也。

今日良宴会

古诗十九首

今日良宴会，欢乐难具陈。弹筝奋逸响①，新声妙入神②。令德唱高言③，识曲听其真④。齐心同所愿⑤，含意俱未申。人生寄一世，奄忽若飙尘⑥。何不策高足⑦，先据要路津⑧。无为守贫贱，轗轲长苦辛⑨。

注　释

①筝：弦乐器。奋逸响：发出不同凡俗的音响。
②新声：当时流行的曲调，指西域传入的胡乐。
③令德：有美德的人，指词曲作者。一说知音者。唱高言：犹言首发要言妙道。
④识曲：了解曲意的人，即知音。真：曲中真意。
⑤齐心同所愿：即人人心中所有。
⑥奄忽：急遽，忽然。飙尘：指狂风里被卷起来的尘土，用喻人生之飘浮无定。
⑦策高足：乘上等快马疾驰意即捷足先得。高足，指高头大马，上等马。汉代驿传设高足、中足、下足三等马匹。
⑧据要路津：占住重要的位置。路，路口。津，渡口。
⑨轗（kǎn）轲：坎坷，不得志。

简　评

这是一首警世诗。主题在后六句：人生苦短，"富贵应须致身早"，莫做固穷的君子。这使人想起苏秦的感喟："人生世上，势位富贵,盖可忽乎哉",也是摘下面具说话。这也是一首宴会听歌述怀诗,酒后吐真言。前四句写快乐的宴会。"难具陈"犹言妙不可言也,"逸响"谓不同寻常的飘逸的音乐,"新声"指时髦的音乐,"妙入神"即出神入化。后四句写听歌会心。诗中歌人所唱歌词,大概相当于"我拿青春赌明天""何不潇洒走一回"之类。这首诗让人"识曲听其真",针对统治阶级的道德说教,干脆把窗户纸捅破,可谓不讽之讽。

西北有高楼

古诗十九首

西北有高楼,上与浮云齐。交疏结绮窗①,阿阁三重阶②。上有弦歌声,音响一何悲。谁能为此曲,无乃杞梁妻③。清商随风发④,中曲正徘徊⑤。一弹再三叹⑥,慷慨有余哀⑦。不惜歌者苦,但伤知音稀。愿为双鸿鹄⑧,奋翅起高飞。

注　释

① 交疏:指窗户上交错雕刻的花格子。疏,镂刻。结绮:张挂着绮质帘幕。绮,绫罗类丝织品。
② 阿阁:四面有檐的楼阁。三重阶:谓阿阁建在有三层阶梯的高台上。
③ 无乃:莫不是。杞梁妻:春秋时齐国大夫杞梁殖之妻。杞梁殖征伐莒国时,死于莒国城下,其妻为此痛哭十日,投水自杀。
④ 清商:乐曲名,曲调清越,适宜表现哀怨的感情。发:指乐声发散。
⑤ 中曲:乐曲的中段。徘徊:来往行走,不能前进的样子。这里借指乐曲旋律回环往复。

⑥一弹：弹奏完一段。再三叹：指歌词里叠咏、帮腔或和声。
⑦慷慨：感慨。余哀：哀伤不止。
⑧鸿鹄（hú）：大雁或天鹅。

简　评

这是一首听歌引发的恋歌，主题句是"但伤知音稀"。诗中人风闻一座豪宅的楼上传来弦歌之声，其所弹唱，乃"孟姜女哭长城"（谁能为此曲？无乃杞梁妻）。主旋律优美，而且不断出现，每出现一遍都令人感慨万千。歌声又是那样专注，那样有磁性，诗人无法不驻足洗耳恭听。他边听边想："那歌女和她的歌声一样动人吧？"一会儿又想："没有人比我更能赏识她的歌声了。"一会儿又想："没有人比她更适合于我了。"歌为媒，诗人找到了恋爱的感觉，在想入非非中，和歌女比翼齐飞了。据说陆侃如青年时代参加论文答辩，被提问："孔雀何以东南飞？"应声答云："西北有高楼，上与浮云齐。"其事可入语林。

涉江采芙蓉①

古诗十九首

涉江采芙蓉，兰泽多芳草②。采之欲遗谁？所思在远道③。还顾望旧乡④，长路漫浩浩⑤。同心而离居⑥，忧伤以终老⑦。

注　释

①涉江：渡江，《楚辞》篇名有此。芙蓉：荷花的别名。
②兰泽：生有兰草的沼泽地。芳草：这里指兰草。

③所思:所思念的人。远道:远方。
④还顾:回头看。旧乡:故乡。
⑤漫浩浩:形容路途的广阔无边。漫,路长长的样子。浩浩,水流的样子。
⑥同心:古代习用的成语,多用于男女之间的爱情关系,这里是说夫妇感情的融洽。
⑦终老:终其一生。

简　评

这是一首怀念远人之作。人们自古就对自然有很深的爱好,送给最心爱人的礼物不一定是珠宝,也可能是一束花或是一棵草,这样的生活情调是简朴的,也是美好的。这首诗前两句倒置以协韵,兰泽虽多芳草,而涉江只采芙蓉也。芙蓉采到手,可是环顾四周,都是些陌生的、无关痛痒的人。"采之欲遗谁"的一问是突然的转折,是伤心失望,也是一声叹息。"所思在远道"在第三句一转后趁势托出,便有雷霆万钧之力。"还顾望旧乡"二句没有主语。古代"在远道""望旧乡"的多是男子,这首诗的主人公当为女性。"还顾望旧乡"云云,乃是女主人公推己及人的一种想象。"同心而离居"五字,说出了具有普遍性的人生憾事,后代许多诗词都为此五字所笼罩。"芙蓉""兰草"等亦是《楚辞》习见名物,运用入诗便能造成近似"楚骚"的芳菲气氛。所以这首诗是继承《楚辞》传统而开创新境的。

明月皎夜光

古诗十九首

明月皎夜光,促织鸣东壁①。玉衡指孟冬②,众星何历历③。白露沾野草，时节忽复易④。秋蝉鸣树间，玄鸟逝安适⑤。昔我同门友⑥，高举振六翮⑦。不念携手好⑧，弃我如遗迹。南箕北有斗⑨，牵牛不负轭⑩。良无盘石固⑪，虚名复何益。

注　释

①促织：蟋蟀的别名。

②玉衡：指北斗的第五星，按北斗七星第一至四星成勺形，称斗魁；第五至七星成一条折线，称斗柄。指孟冬：玉衡星指向孟冬亥宫之方向，即西北，时已过夜半。

③历历：一个个清清楚楚的，指众星行列分明的样子。

④易：变换。

⑤玄鸟：燕子。逝安适：飞往什么地方去？此句与上句为互文，鸣于树间的秋蝉也不知到什么地方去了。

⑥同门友：同在师门受学的朋友。

⑦六翮（hé）：据说鸟有六根健劲的羽茎，这里泛指鸟的翅膀。

⑧携手好：曾经共患难的友谊。

⑨南箕（jī）：星名，形似簸箕。北有斗：即北斗星。这两句说星座有其名无其实。

⑩牵牛：指牵牛星。不负轭（è）：不拉车。轭，车辕前横木。

⑪良：的确。盘石：同"磐石"。

简　评

这是一首讽喻友道不终及世态炎凉的诗。诗人显然受到了《诗经·小雅·大东》的影响，面对群星闪烁的夜空，指桑骂槐地嘲笑起天上的星座之徒有虚名来。这首诗在写法上与《诗经·小雅·大东》属同一机杼。前四句明说"孟冬"，是写眼前实景。下面"白露沾野草"四句，是追忆过去时光。"玄鸟逝安适"是发问，其实"秋蝉鸣树间"亦是发问：往昔鸣于树间之秋蝉"逝安适"。因诗句限于字数，非互文不足以达意。人生在世，人际关系网络是一种无形资产;而在所有的人际关系中,同学关系尤为重要。"昔我同门友"四句大发感喟。诗人在需要同学援助的时候,却悲哀地发现彼此地位和关系都发生了变化,已经是高攀不上了,妙在紧接上文众星历历,借星座之名不符实来骂人,篇法极为圆紧。

冉冉孤生竹①

古诗十九首

冉冉孤生竹,结根泰山阿②。与君为新婚③,兔丝附女萝④。兔丝生有时⑤,夫妇会有宜⑥。千里远结婚,悠悠隔山陂⑦。思君令人老,轩车来何迟⑧。伤彼蕙兰花⑨,含英扬光辉⑩。过时而不采,将随秋草萎。君亮执高节⑪,贱妾亦何为⑫?

注 释

①冉冉:柔软下垂的样子。孤生竹:犹言野生竹。
②泰山:大山。
③为新婚:刚订婚。
④兔丝:即菟丝,蔓生植物,女子自比。女萝:即松萝,蔓生植物,比男子。
⑤生有时:草木有繁盛即有枯萎,以喻人生有少壮即有衰老。
⑥宜:适当时间。
⑦悠悠:遥远的样子。山陂:泛指山水,吕向注:"陂,水也。"
⑧轩车:有篷的车,指迎娶的车。

⑨蕙兰花:女子自比。蕙、兰是两种同类香草。
⑩含英:含苞待放。扬光辉:容光焕发的样子。
⑪亮:想来。执高节:即守节情不移。
⑫贱妾:女子自称。

简　评

　　这是一首怨迟婚之作。全诗由两套比喻组成,构成全诗的形象整体。一是以孤竹结根大山、兔丝附生于女萝,比喻女子对男子的依附关系。孤竹结根于山阿,即"丝萝非独生,愿托乔木"之意。"兔丝附女萝"又有以植物的相互缠绕比喻爱情之绸缪。"会有宜"也就是"合有时"。诗中第二套比喻,即以兰蕙芳草过时则衰自喻青春易逝。"过时而不采"云云,使人联想起唐诗的"莫待无花空折枝"。诗中人有一种潜在的顾虑,那就是对方迟迟不归,恐生变数,所以诗的结尾说,君虽姗姗来迟,只要能"执高节",即誓不变心,自己也会坚持等下去。

庭中有奇树①

古诗十九首

　　庭中有奇树,绿叶发华滋②。攀条折其荣③,将以遗所思。馨香盈怀袖④,路远莫致之⑤。此物何足贵?但感别经时⑥。

注　释

①奇树:佳美、珍贵的树。

②发华滋：花开繁盛。滋，繁盛。
③荣：犹"花"。
④馨香：香气。盈：充满。
⑤致：送达。
⑥别经时：离别有好长一段时间了。

简　评

　　这是一首思妇诗。全诗以从容的笔法，缓缓地由树到花，由花到人，顺序写来，最后才揭出幽闺怀人的主题，从明白浅显的风貌里表现了婉曲的思致，是"深衷浅貌，短语长情"的典型例子。古代妇女禁锢深闺，与外界接触较少，只有庭中树与之朝夕相对。她看到它的叶子渐渐变绿，看到它的花渐渐开繁，其间应有一个漫长的过程，心中想念的那人应是一天天越走越远了。在这花开堪折的时候，她不失其时地攀折，很想把它寄给远方的那人，以表达自己对他的情意。但这个想法不能实现，尽管花儿芬芳馥郁，香满衣袖，但只让人感到遗憾，感到可惜。其实花也不是特别贵重的东西，也没有什么可惜，可惜的是时光一去不再回了。通篇就"奇树"一意写去，由奇树而叶绿，而发花，而折花，而献花，而惜花，而不惜，层层写来，于层出不穷之际，偏以"此物何足贵"一语反振出"但感别经时"，若轻描淡写，其实令人深长思之。

迢迢牵牛星 ①

古诗十九首

　　迢迢牵牛星，皎皎河汉女②。纤纤擢素手③，札札弄机杼④。终日不成章⑤,泣涕零如雨。河汉清且浅,相去复几许?盈盈一水间⑥,脉脉不得语⑦。

注　释

①迢迢:遥远的样子。牵牛星:即牛郎星,隔银河与织女星相对。
②皎皎:明亮的样子。河汉女:指织女星。河汉,即银河。
③纤纤:纤细柔长的样子。擢(zhuó):伸出。素:洁白。
④札(zhá)札:拟织布机声。弄:摆弄。杼(zhù):织布机上的梭子。
⑤章:指整幅布帛。此句用《诗经·小雅·大东》诗意,说织女终日织不成布。
⑥间(jiàn):间隔。
⑦脉(mò)脉:含情相视的样子。

简　评

　　这是一首借牛郎织女的传说,写夫妻两地分居的诗。"迢迢牵牛星"和"皎皎河汉女"对举,说牵牛星是迢迢的,是立足于织女星而为之辞。接着八句只写织女,但细看来每句话里都有牛郎存在。"迢迢"二字实是全诗的脉络。后文明说"河汉清且浅,相去复几许",意思是说牛郎本非迢迢,只是一水相隔而已,然隔河千里,岂非迢迢?"盈盈"并不是形容水的,《文选》注为"端丽貌",下面"脉脉",则是"相视貌",都是形容织女的。"迢迢"二字总括织女想望牛郎的心境。牛郎如何?从"脉脉不得语"一句看,他也在隔河相望。"单相思"究竟还是"两相思"。这首诗是以第三人称的角度叙事。最后四句好像是诗人说的,又好像是织女自己说的。究竟是谁说的呢?就全诗结构说是诗人在间接叙述,就情致而言是织女自己在诉说心事。读者须体会到这两个观点的区别和统一,才能见出这四句的妙处。

回车驾言迈①

古诗十九首

回车驾言迈,悠悠涉长道②。四顾何茫茫③,东风摇百草。所遇无故物,焉得不速老④?盛衰各有时⑤,立身苦不早。人生非金石,岂能长寿考⑥?奄忽随物化⑦,荣名以为宝⑧。

注　释

① 回:回转。言:语助词。迈:远行。
② 涉长道:犹言"历长道"。涉,徒步过水,引申则不限于渡水。
③ 茫茫:广大而无边际的样子。
④ 焉得:哪得。
⑤ 各有时:各有其时,兼指百草和人生而言。
⑥ 寿考:长寿。考,老也。
⑦ 随物化:随物而化,指死亡。
⑧ 荣名:美名。一说指荣禄和声名。

简　评

　　这是一首主张人死留名的诗,主题词是篇末"荣名"二字。前四句以景物起兴:回车远行,长路漫漫,回望但见旷野茫茫,阵阵东风吹动百草。这情景使不知税驾何处的行役者思绪万千,这有力地带动了以下八句的抒情。以下八句抒发人生感慨,两句一层。"所遇无故物"二句由景入情,是一篇之枢纽。因见百草凄凄,遂感冬去春来,不见物是,更觉人非,此为一层。"盛衰各有时"二句由人生短促想到应及时"立身"。所谓"立身",举凡生计、名位、道德、事业，一切所谓立身之本者，皆可包括在内。这是诗人进一步的思考。"人生非金石"二句是"苦不早"三字的生发，言人不能如金石之长存。最后归结为"荣名以为宝"，这是对"立身"之要的一个说明，是诗人对人生的反复思考后做出的答卷。人之不同于动物，就在于想要给生命弄出点意义。所以泰戈尔说："让死者有那不朽的名，让生者有那不朽的爱。"

去者日以疏

古诗十九首

去者日以疏，来者日以亲①。出郭门直视②，但见丘与坟。古墓犁为田，松柏摧为薪。白杨多悲风③，萧萧愁杀人。思归故里闾④，欲归道无因。

注　释

①去者日以疏，来者日以亲：去者、来者，分别指客观世界中一切旧事物、新事物。疏，疏远。亲，亲近。
②郭门：外城城门。
③白杨：与上句中的"松柏"，都是种在丘墓间的树木。
④故里闾（lú）：故乡。里，古代五家为邻，二十五家为里，泛指人口聚居之地。闾，本义为里巷大门。

简　评

这是一首思考生命意义的哲理诗。开篇即对人生做高度的概括、宏观的笼罩，大是名言。"去""来"二字包容极大，直囊括天地间一切的人、事、物，它们以时空的方式存在，都有一个来去的过程。所谓"亲""疏",换言之即新与旧也。凡是新的,都将成为旧的;凡是旧的,也都曾经新过。这两组范畴是相辅相成的,或在一定条件下相互转化的。没有什么人、事、物,能逃得出这宇宙人生的变化规律。"出郭门直视"二句,直说丘坟是一切人最终的归宿,更令人惊心动魄的是"古墓犁为田,松柏摧为薪",它表明其实归宿是没有的,有的是去者日疏,疏而又疏,以至无穷。以下则转出兴语,以"白杨多悲风"渲染气氛。最后两句乃抒生人之无家可归,似乎已游离于前文。然而,这一写却突现出抒情主人公的形象,原来他是一个在茫茫人世上有家难归或竟无家可归的人。唯有在这种处境中的人,对生命代谢不居的现象最为敏感,从而只能发出无奈的悲吟。

孟冬寒气至 ①

古诗十九首

孟冬寒气至,北风何惨栗②。愁多知夜长,仰观众星列。三五明月满③,四五蟾兔缺④。客从远方来,遗我一书札⑤。上言长相思,下言久离别⑥。置书怀袖中,三岁字不灭⑦。一心抱区区,惧君不识察⑧。

注　释

① 孟冬:冬季第一个月,即农历十月。
② 惨:狠毒。栗:冻得发抖。
③ 三五:农历十五日。
④ 四五:农历二十日。蟾兔:月亮的代称,传说月中有蟾蜍、玉兔。

⑤书札：书信。札，古代用来写字的小木片。
⑥上、下：分别指书札的开头和结尾。
⑦三岁：三年。灭：磨灭。
⑧识察：知道。

简　评

　　这是一首思妇诗。前六句写十月天寒，愁多夜长，思妇不眠，星夜怅望的情事。"明月""蟾兔"互文，从十五到二十，从月圆到月缺，代表夜夜皆愁多不眠也。后八句系追想三年前的往事，那时她曾收到丈夫托人从远方捎来的一封信，此后再无消息。"长相思""久离别"亦互文。"上""下"云云，意即通篇皆叙离别相思之情也。就这样一封信，就够她带在身边读三年。不知看了多少遍，但字迹还清晰着——"三岁字不灭"，可见她是何等爱护着这封信啊。丈夫何以三年只寄一信？乱离人生的遭遇难测，其故亦难知。诗中人对丈夫没有半句怨言，只怕丈夫不能知道自己的忠爱之心，其情深挚感人。这首诗写作上的特点，就是通过回忆旧事来写相思，即朱筠所说"无聊中无端怀旧，亦欲借以排遣也"。

客从远方来

古诗十九首

　　客从远方来，遗我一端绮①。相去万余里，故人心尚尔②。文彩双鸳鸯，裁为合欢被③。著以长相思④，缘以结不解⑤。以胶投漆中，谁能别离此⑥？

注 释

①一端：半匹，古人以二丈为一端，二端为一匹。
②故人：老朋友，这里指久别的丈夫。尚：犹。尔：如此。
③合欢被：被上绣有合欢花的图案。
④著：往衣被中填装丝绵。长相思：双关填充的丝绵。
⑤缘：镶边。结不解：解不开的结。这句说被的四边缀以解不开的中国结，双关"缘结不解"。
⑥别离：分开。

简 评

　　这也是一首思妇诗。它似乎就是前一首诗后半部分的一个变奏，抒写了一位思妇收到丈夫从远方捎来的礼物的兴奋与喜悦之情。"客从远方来"二句先叙一个事实。俗话说"千里送鹅毛，礼轻情意重"，何况还是二丈长的带有鸳鸯图纹的素缎呢？又是万里以外的丈夫捎来的，故"相去万余里"二句含有受宠若惊之语气。"绮"字拆开是奇丝，双关"奇思"。"裁为合欢被"，合欢是花名，又双关"好合"，奇思一也；被子中间填绵谓之"著"，四边缀饰谓之"缘"，缘边的丝缕打的是死结，双关"永不分开"，奇思二也；"以胶投漆中"二句，以如胶似漆双关"夫妻关系密切"，奇思三也。这首诗尽洗相思离别愁苦黯淡之态而着色敷腴，情调欢快，这是与特定的时刻、具体的背景关联着的。诗中双关隐语的运用，已得六朝民歌风气之先。

蒿里行①

曹操

关东有义士②,兴兵讨群凶③。初期会盟津④,乃心在咸阳⑤。军合力不齐,踌躇而雁行⑥。势利使人争,嗣还自相戕⑦。淮南弟称号⑧,刻玺于北方⑨。铠甲生虮虱⑩,万姓以死亡。白骨露于野,千里无鸡鸣。生民百遗一⑪,念之断人肠。

作　者

曹操(155年—220年),字孟德,小名阿瞒,沛国谯(今安徽亳州)人。汉末举孝廉,任洛阳北部尉、顿丘令;后拜骑都尉,攻打黄巾军。初平元年(190年)参与讨伐董卓之战。建安元年(196年)奉迎汉献帝定都许昌,拜司空,封武平侯,次第击败袁绍等割据势力,统一北中国。三国鼎立时,进封魏王。有《孙子略解》《兵书接要》及明辑本《魏武帝集》。

注　释

①蒿里行:汉乐府旧题,本为挽歌。蒿里,指死人葬身之地。
②关东:函谷关(在今河南灵宝境内)以东。义士:指起兵讨伐董卓的各路诸侯。
③群凶:指董卓及其党羽。
④初期:本来期望。会盟津:相传周武王伐纣时,曾在盟津(在今河南孟州西南)大会八百诸侯,借指本来期望像武王与八百诸侯那样同心协力。
⑤乃心:其心。咸阳:秦时都城,借指长安,汉献帝被挟持处。
⑥踌躇:犹豫不前。雁行(háng):飞雁的行列,形容无人争先。

⑦嗣：后来。还：同"旋"，不久。自相戕（qiāng）：自相残杀。按，当时盟军中袁绍、公孙瓒等发生了内讧。

⑧淮南弟称号：指袁绍的异母弟袁术于建安二年（197年）在淮南寿春（今安徽寿县）自立为帝。

⑨刻玺于北方：指初平二年（191年）袁绍谋废献帝，另立幽州牧刘虞为帝，并刻制印玺。玺，秦以后专指皇帝用的印章。

⑩铠甲：古代战服，金属制成的叫铠，皮革制成的叫甲。虮：虱卵。

⑪生民：百姓。百遗一：存活者百分之一。

简 评

这是一首挽歌，也是一篇诗史，追记汉末史实以及哀伤战乱中死亡的人民。诗中所述史实是：初平元年（190年）正月，关东各州郡十余路诸侯推渤海太守袁绍为盟主，兴兵讨伐董卓。董卓纵火焚烧洛阳，挟持献帝到长安。当时形势本来对义军有利，但由于袁绍等人各怀异心，观望不前，乃至相互攻袭，使联合军事行动流产，从此天下陷于军阀混战，血流成河，十室九空，灾难空前。这首诗即以沉重的笔墨，回顾反思了这一段历史，谴责制造战乱的历史罪人，充满悲天悯人的情怀。故明代谭元春评价："此老诗歌中有霸气，而不必其王；有菩萨气，而不必其佛。"全诗多从大处落笔，却也不乏细节刻画，"铠甲生虮虱，万姓以死亡。白骨露于野，千里无鸡鸣"几句，可谓刿目怵心，给千古读者留下极其深刻的印象。

苦寒行

曹操

北上太行山①,艰哉何巍巍②。羊肠坂诘屈③,车轮为之摧。树木何萧瑟,北风声正悲。熊罴对我蹲④,虎豹夹路啼。溪谷少人民,雪落何霏霏⑤。延颈长叹息⑥,远行多所怀⑦。我心何怫郁⑧,思欲一东归⑨。水深桥梁绝,中路正徘徊。迷惑失故路,薄暮无宿栖。行行日已远,人马同时饥。担囊行取薪⑩,斧冰持作糜⑪。悲彼东山诗⑫,悠悠令我哀⑬。

注 释

①太行山:绵延于山西、河北、河南三省交界处的大山脉。
②巍巍:高耸的样子。
③羊肠坂(bǎn):地名,以坂道盘旋弯曲如羊肠而得名。坂,斜坡。诘屈:曲折盘旋。
④罴(pí):马熊,即棕熊。
⑤霏霏:雪下得很盛的样子。
⑥延颈:伸长脖子远眺的样子。
⑦多所怀:心事重重。
⑧怫(fú)郁:愁闷不安。
⑨东归:指归故乡谯郡,郡在太行之东。
⑩担囊:挑着行李。行取薪:边走边拾柴。
⑪斧冰:以斧凿冰取水。
⑫东山:《诗经》篇名,《毛诗序》认为是周公东征,战士离乡三年,在归途中思念家乡而作。
⑬悠悠:忧思绵长的样子。

简　评

　　这是一首写行军的诗。建安十年（205年）并州刺史高干叛乱，高干乃袁绍之甥，初降曹操，复又叛之，"执上党太守，举兵守壶关口"。曹操即于次年（206年）春正月，从邺城出兵北征高干，当大军翻越太行山时，写下了这首五言古诗。作为一个军事统帅，诗人并不强作英豪之态，而是老老实实写下了士卒的苦寒和他自己内心的波动，表现了对不得已而用兵的深沉感喟。"溪谷少人民，雪落何霏霏"，与艾青的"雪落在中国的土地上，寒冷在封锁着中国呀"，何其神似。全诗就以这种真诚的倾诉扣动了千古读者的心弦，称得上是古直悲凉的典型之作。

短歌行

曹操

　　对酒当歌①，人生几何？譬如朝露，去日苦多。慨当以慷②，忧思难忘。何以解忧？唯有杜康③。青青子衿，悠悠我心④。但为君故，沉吟至今⑤。呦呦鹿鸣，食野之苹。我有嘉宾，鼓瑟吹笙⑥。明明如月，何时可掇⑦？忧从中来，不可断绝。越陌度阡⑧，枉用相存⑨。契阔谈䜩⑩，心念旧恩。月明星稀，乌鹊南飞。绕树三匝⑪，何枝可依？山不厌高，海不厌深⑫。周公吐哺，天下归心⑬。

注　释

①对酒当歌：边喝酒边唱歌。当，对着。
②慨当以慷：指歌声激昂慷慨。当以，无实义。这句的意思是应该唱出心中激情。
③杜康：相传最早酿酒的人，代指酒。
④青青子衿，悠悠我心：语出《诗经·郑风·子衿》，原本为女子爱慕一位学子，用喻渴望得到有真才实学的人才。青衿是周代读书人的服装。
⑤沉吟：小声叨念默默思索，形容对贤人的渴慕。
⑥"呦呦鹿鸣"四句：语出《诗经·小雅·鹿鸣》，写宴会嘉宾的快乐。呦呦，鹿叫的声音。苹，艾蒿。
⑦掇（duō）：通"辍"，停止。
⑧越陌度阡：穿过纵横交错的小路。陌、阡，田间小路东西向为陌，南北向为阡。
⑨枉：枉驾，屈尊。存：惦记，问候。
⑩契阔：离合，阔为离，契为合，偏义于"契"。讌（yàn）：通"宴"，宴饮。
⑪三匝（zā）：三周。
⑫海不厌深：《管子·形势解》："海不辞水，故能成其大；山不辞土石，故能成其高；明主不厌人，故能成其众；士不厌学，故能成其圣。"一作水不厌深。意思是表示希望尽可能多地接纳人才。
⑬周公吐哺，天下归心：《史记》载周公自谓"一沐三握发，一饭三吐哺，起以待士，犹恐失天下之贤人"。这里诗人以周公自比，表示自己像周公一样热切殷勤地接待贤才。

简　评

这是一首政治抒情诗。张玉谷说："此叹流光易逝，欲得贤才以早建王业之诗"，陈沆更说："此诗即汉高《大风歌》思猛士之旨也"。其源出于《诗经·小雅》中宴飨宾客之作，诗即从"对酒当歌"说起，一直写到"天下归心"。诗人一方面说人生的无常，一方面抒发对永恒的渴望；一方面是人生的忧患，一方面是人生的欢乐——这本来就是人生的全面，是人生态度应有的两个方面，难得它表现得如此自然。从"青青子衿"到"鼓瑟吹笙"两段连贯之妙，古今无二，由哀怨这一端忽然会走到欢乐那一端去，转折得天衣无缝。从"明明如月"到"山不厌高"两段也是如此，将你从哀怨缠绵带到豁然开朗的境地。读者只觉得卷在悲哀与欢乐的漩涡中，不知道什么时候悲哀没有了，变成欢乐，也不知道什么时候欢乐没有了，又变成悲哀。这首诗不失为《诗经》之后四言诗的杰作。

观沧海

曹操

东临碣石①，以观沧海。水何澹澹②，山岛竦峙③。树木丛生，百草丰茂。秋风萧瑟④，洪波涌起⑤。日月之行，若出其中；星汉粲烂⑥，若出其里。幸甚至哉，歌以咏志⑦。

注　释

①临：登上。碣（jié）石：山名，在今河北昌黎。
②何：多么。澹（dàn）澹：水波起伏荡漾的样子。
③竦峙（sǒngzhì）：高高地挺立。
④萧瑟：风吹树木的声音，或形容环境的冷落凄凉。
⑤洪波：汹涌澎湃的大波。
⑥星汉：即银河。
⑦幸甚至哉，歌以咏志：乐府例行的结尾，意思是太幸运了，让我们用歌声来表达感恩之心吧。

简　评

这首诗作于建安十二年（207年）诗人北征乌桓得胜回师的途中。其所属组诗《步出夏门行》共四章，《观沧海》是第一章。诗中提到的碣石山，在今河北昌黎。现代作家冰心在一篇叫《往事》的文章里说:"每次拿起笔来,头一件事忆起的就是海。我嫌太单调了,常常因此搁笔。"中国的诗里咏海的不多,曹操这首诗便属凤毛麟角,而他也可以称为"一位海化的诗人"。这是中国文学史上第一首完整的山水诗,虽然属于秋兴,却写得沉雄健爽、气象壮阔;同时它表现出一种积极用世的人生观,又是一首不折不扣的抒情诗。毛泽东云:"往事越千年,魏武挥鞭,东临碣石有遗篇。萧瑟秋风今又是,换了人间",就是对曹操及《观沧海》的高度评价。

龟虽寿

曹操

神龟虽寿,犹有竟时①;腾蛇乘雾②,终为土灰。老骥伏枥③,志在千里;烈士暮年④,壮心不已。盈缩之期⑤,不但在天。养怡之福⑥,可得永年。幸甚至哉,歌以咏志。

注　释

①神龟虽寿,犹有竟时:神龟纵然长寿,也还有死的时候。神龟,传说通灵之龟,能活几千岁。竟,终结,这里指死亡。
②腾蛇:一种会腾云驾雾的蛇。
③骥:良马。枥:马槽。
④烈士:有远大志向的人。
⑤盈缩:指寿命的长短。盈为长,缩为短。
⑥养怡:指调养身心。怡,和乐。

简　评

这是一首益人心智的箴言诗,亦属组诗《步出夏门行》。曹公平定乌桓归来这年五十三岁,叫作"人过半百"。古代医疗条件不好,人过半百就要想到生与死的问题。而人生态度中至关重要的,也就是对待生死的问题。西方哲学家说,生命的本质是面对死亡的生存。诗人简化为"向死而生"四字。这首诗告诉人们,不必为寿命而烦恼,也不必因年暮而消沉,一个人的精神风貌对于身心健康是非常重要的。《龟虽寿》哲理意味很浓。由于运用比兴手法,而其哲理盖出生活实感,故能感情充沛,做到了情、理与形象的交融。这叫向死而生,活出生命的精彩。清代陈祚明说:"名言激昂,千秋使人慷慨。"据《世说新语》记载,东晋时重兵在握的大将军王敦,酒后辄咏"老骥伏枥,志在千里。烈士暮年,壮心不已",以如意击打唾壶为节,壶口尽缺。

室思(其三)

徐幹

浮云何洋洋①,愿因通我辞②。飘飘不可寄,徙倚徒相思③。人离皆复会,君独无返期。自君之出矣,明镜暗不治④。思君如流水,何有穷已时。

作　者

徐幹(171年—218年),字伟长,东汉末北海(今山东昌乐)人。十五岁"诵文数十万言",二十岁"五经悉载于口,博览传记,言则成章,操翰成文",为"建安七子"之一。有明辑本《徐伟长集》。

注　释

① 洋洋：舒卷自如的样子。
② 通我辞：为我传话给远方的人。
③ 徙倚：低回流连的样子。徒：空自。
④ 不治：不修整，这里指不揩拭。有《诗经·卫风·伯兮》"谁适为容"之意。

简　评

这是写妻子对离家丈夫的思念的代言体组诗六首之一，原列第三。这首诗在中国诗史上的影响极为深远，乃在其后半"自君之出矣，明镜暗不治。思君如流水，何有穷已时"，自成绝句，为后人称羡。自宋孝武帝拟作为五绝，始题作《自君之出矣》。前两句以"自君之出矣"发端，后两句巧比妙喻，皆仿徐幹"自君之出矣"四句。一时文士，赓歌相和者甚众。此后历齐、梁、陈、隋直到唐代，代有续作，时出新意，成为五绝体中的一个门类，佳者如唐代辛弘智的"自君之出矣，梁尘静不飞。思君如满月，夜夜减容晖"。

饮马长城窟行①

陈琳

饮马长城窟，水寒伤马骨。往谓长城吏：慎莫稽留太原卒②。官作自有程，举筑谐汝声③。男儿宁当格斗死④，何能怫郁筑长城？长城何连连⑤，连连三千里。边城多健少⑥，内舍多寡妇。作书与内舍：便嫁莫留住。善侍新姑嫜⑦,时时念我故夫子⑧。报书往边地:君今出语一何鄙⑨?身在祸难中,何为稽留他家子⑩?生男慎莫举⑪,生女哺用脯⑫。君独不见长城下,死人骸骨相撑拄⑬?结发行事君⑭,慊慊心意关⑮。明知边地苦,贱妾何能久自全⑯?

作　者

陈琳(?—217年),字孔璋,东汉广陵射阳(今江苏扬州)人。"建安七子"之一。灵帝时任大将军何进主簿。后投袁绍为掌文书。后归曹操,为司空军谋祭酒、管记室,迁门下督。有明辑本《陈记室集》。

注　释

①饮马长城窟行:汉乐府旧题。长城窟,长城侧畔的泉眼。
②慎莫:恳请语,千万不要。稽留:阻留,指延长服役期限。太原:秦郡名,约在今山西中部地区。这句是役夫说的话。
③官作:官府的工作,指筑城任务。程:期限。筑:夯土工具。谐汝声:喊齐号子。这两句是长城吏的话。
④宁当:情愿。格斗:搏斗。
⑤连连:连绵不断的样子。
⑥健少:健壮的年轻人。
⑦侍:侍奉。姑嫜(zhāng):婆婆公公。
⑧故夫子:前夫。以上三句是役夫家信中说的话。
⑨报书:回信。鄙:粗俗,庸俗。这是役夫妻子的话。
⑩他家子:别人家女子,指妻子。这是役夫在表白自己的苦衷。
⑪举:养育成人。
⑫哺:喂养。脯:肉干。
⑬骸骨相撑拄:表死人之多。撑拄,支架。以上四句化用秦时民谣:"生男慎勿举,生女哺用脯,不见长城下,尸骸相支拄。"
⑭结发:古时女子满十五岁用笄结发,表示成年。行:来,语助词。
⑮关:牵连。
⑯久自全:长久地保全自己。这是役夫妻子的话。

简　评

　　这是一首取材于秦筑长城的史实，却注入了现实生活的诗。诗主要是对话组成——即由役夫与关吏的直接对话和役夫与妻子的间接对话（即书信往返）组成，中间穿插了一点叙述和描写，笔墨经济而层次井然，对答往复泯然无迹，只从声腔语气中见出人物。即明代谭元春说："问答时藏时露，渡关不觉为妙"，清代沈德潜说："无问答之痕，而神理井然"。诗歌语言质朴自然，通俗活泼，大类民歌。"生男慎莫举"四句原是五言的古代长城歌谣，诗人信手拈来，略作变动，既切题又合体。全诗采用差参错综的句式，而又与汉乐府杂言诗不同，盖所用皆属五、七言，且隔句用韵，音节较汉乐府为整饬、和谐，接近后出的长短句歌行。

赠从弟（其二）

刘桢

　　亭亭山上松①，瑟瑟谷中风②。风声一何盛③，松枝一何劲。冰霜正惨凄④，终岁常端正。岂不罹凝寒⑤，松柏有本性。

作　者

　　刘桢（？—217年），字公幹，东汉东平宁阳（今属山东）人。"建安七子"之一。汉末为曹操丞相掾属，以不敬获罪，刑竟署为吏。有明辑本《刘公幹集》。

注　释

①亭亭：高耸的样子。
②瑟瑟：寒风呼啸声。
③一何：多么。
④惨凄：严酷。
⑤罹凝寒：遭受严寒。

简　评

　　这是一首托物言志的诗。松柏以其耐寒而长青，从古以来为人称颂，作为秉性坚贞、不畏艰险的象征。孔子当年就曾满怀敬意地赞美它——"岁寒，然后知松柏之后凋也"。读这首诗要注意它前半的唱叹，由松到风，又由风到松，这种回文似的咏叹，形象地写出了"道高一尺，魔高一丈"式的较量，非常有味，为下文进而说理做好准备。诗以咏物的形式，而归结局于人品"端正"，"其在人也，如竹箭之有筠也，如松柏之有心也。二者居天下之大端矣，故贯四时而不改柯易叶"。所谓本性，其于人也，就是要有所持守，贫贱不移也。钟嵘在《诗品》中称赞刘桢诗"真骨凌霜，高风跨俗"，风格正来自人格也。

七哀诗①

王粲

　　西京乱无象②，豺虎方遘患③。复弃中国去④，委身适荆蛮⑤。亲戚对我悲，朋友相追攀⑥。出门无所见，白骨蔽平原⑦。路有饥妇人，抱子弃草间。顾闻号泣声，挥涕独不还。"未知身死处,何能两相完?"⑧驱马弃之去,不忍听此言。南登霸陵岸⑨,回首望长安。悟彼下泉人⑩,喟然伤心肝⑪。

作　者

王粲(177年—217年),字仲宣,东汉山阳高平(今山东邹县)人。"建安七子"之一。汉末避乱往依荆州刘表。后归曹操,辟丞相掾,赐爵关内侯,迁军谋祭酒。魏立,拜侍中。有明辑本《王侍中集》。

注　释

① 七哀诗:汉乐府中不见此题,可能为王粲自创新题。七哀,表示哀思之多。组诗共三首。

② 西京:指长安。乱无象:乱得不成样子。

③ 豺虎:指董卓部将李傕、郭汜等。初平三年(192年)五月,李、郭等人合围长安,六月破城,死者万余。遘(gòu)患:作乱。遘,通"构"。

④ 中国:中原,指长安。

⑤ 委身:托身。适:往。荆蛮:指荆州,以在南方,故称。荆州当时未遭战乱,为难民逋逃地。

⑥ 追攀:攀车追送。

⑦ 蔽:遮蔽,遮盖。

⑧ 未知身死处,何能两相完:是饥妇人的话,意思是连自己也不知身死何处,又怎能两相保全?

⑨ 霸陵:汉文帝陵墓,在今陕西长安东。

⑩ 悟:领悟。下泉:《诗经》篇名,《毛诗序》释题为"思治也"。

⑪ 喟(kuì):叹息。

简　评

这是一首写奔走避乱途中见闻的诗,反映了初平三年(192年)董卓部将李傕、郭汜在长安作乱的时候,人民流离失所的情景。"无象"即无道。王粲原居洛阳,因董卓之乱迁居长安,这时又离开长安向南方的荆州跑,所以是"复弃中国去,委身适荆蛮"。然后写亲友送行的悲伤和出门看到的尸横遍野的惨状——"出门无所见,白骨蔽平原"。诗中最深刻的一笔,是写途中亲眼看到母亲遗弃孩子的事件。在杂草丛生的路上,一位饥妇把骨瘦如柴的孩子丢弃在草间,任其啼哭,头也不回地挥泪而去。过客行色匆匆,摇一摇头,装着不见,各走各的路——这是一幅何等真切的乱世中的世态人情画。母爱是出于人之天性的,而饥妇居然抱幼子而弃之,这使人想到艾青的诗句:"饥饿是可怕的,它使年老的失去仁慈,年幼的学会憎恨。"(《乞丐》)诗人抓住这样典型的素材来写战乱时世,力透纸背,即此一端,就揭露出战争的残酷是何等的灭绝人性了。

燕歌行

曹丕

秋风萧瑟天气凉,草木摇落露为霜①,群燕辞归雁南翔。念君客游思断肠,慊慊思归恋故乡②,何为淹留寄他方③?贱妾茕茕守空房④,忧来思君不敢忘,不觉泪下沾衣裳。援琴鸣弦发清商⑤,短歌微吟不能长,明月皎皎照我床。星汉西流夜未央⑥,牵牛织女遥相望,尔独何辜限河梁?

作　　者

曹丕(187年—226年),即魏文帝,字子桓,曹操次子。汉末建安中任五官中郎将、副丞相,后立为魏王太子。曹操卒,嗣为丞相、魏王。后代汉自立,国号魏,在位七年。有明辑本《魏文帝集》。

注　释

① 摇落:凋残。露为霜:《诗经·秦风·蒹葭》:"白露为霜。"
② 慊(qiàn)慊:空虚之感。一说失意不平的样子。
③ 淹留:久留。上句是设想对方思归,这一句则因其不归而生疑问。
④ 茕(qióng)茕:孤单寂寞的样子。
⑤ 援:引,拿过来。清商:一种乐调,琴弦有四调,其一曰清商。清商音节短促细微,所以下句说"短歌微吟不能长"。
⑥ 夜未央:夜已深而未尽的时候。

简　评

　　这是一首写思妇秋思的诗,全诗每句押韵,一韵到底。通篇以三句为一节,这样划分不但节奏整齐,而且结构严密。诗中"床"是指坐榻,从诗意看,这位女主人公一夜根本未睡。"秋风萧瑟天气凉"三句,从客观环境写起,一、二句说天气说植物的枯败,第三句说候鸟的南迁,为一解;"念君客游思断肠"三句,正写怀念远方游子,第一句写思妇本人念远,第二句泛写游子的乡思,第三句写对游子不归的疑惑,为二解;"贱妾茕茕守空房"三句,先写独守空闺之凄凉,再写对远人思念中包含一种自律和自觉,这从"不敢忘"三字可以意会,第三句进一步写相思的情不自禁,这从"不觉"二字可以意会,为三解;"援琴鸣弦发清商"三句,写为了排遣忧思,午夜弹琴自娱,唱歌抒怨,为四解;"星汉西流夜未央"三句,承上写夜已过半,故银汉偏西,最后两句写景抒情,意兼兴比,以牛郎织女为河梁所限来表现思妇的哀怨,意味深长,为五解。全诗笔致委婉,语言清丽,是七言诗早期的成功之作,在文学史上颇有地位。

七步诗

曹植

煮豆持作羹①，漉豉以为汁②。萁在釜下燃③，豆在釜中泣④。本自同根生，相煎何太急⑤？

作　者

曹植（192年—232年），字子建，曹操子。汉末建安中封平原侯，徙封临菑侯，以才学为曹操所重，几欲立为太子。魏立，于文帝、明帝两朝备受猜忌，怀志难伸，郁郁而终。五言诗以笔力雄瞻，辞采华美见长。有宋辑本《曹子建集》，今有《曹植集校注》。

注　释

① 持：用来。羹（gēng）：用食材做成的糊状食物。
② 漉（lù）：过滤。豉（chǐ）：煮熟后发酵过的豆。
③ 萁（qí）：豆茎，可作燃料。
④ 釜（fǔ）：一种锅。
⑤ 煎：煎熬，喻迫害。

简　评

这是一首书愤的诗。本事见《世说新语·文学》：魏文帝曹丕因为忌恨弟弟曹植的才华，曾令其在七步以内作诗，不成行大法（处死）。于是曹植应声咏出了这首诗，令曹丕感到十分惭愧。这首诗用寓言手法，讲了一个豆子与豆秆的故事，影射骨肉相残。豆可以做汤（煮豆持作羹），也可以做豆浆，做豆浆则需过滤残渣（漉豉以为汁）。在熬制过程中，可用豆秆充当燃料。诗人用拟人法写道:"萁在釜下燃,豆在釜中泣",比喻贴切、生动、形象,且由此产生出一个成语"萁豆相煎"。最后两句进而抒发感慨——太过分了。这首诗在流传的过程中,被简为四句:"煮豆燃豆萁,豆在釜中泣。本是同根生,相煎何太急。"清代毛先舒的评价是:"词意简完,然不若六句之有态。"

白马篇①

曹植

白马饰金羁②,连翩西北驰。借问谁家子?幽并游侠儿③。少小去乡邑④,扬声沙漠垂⑤。宿昔秉良弓⑥,楛矢何参差⑦。控弦破左的⑧,右发摧月支⑨。仰手接飞猱⑩,俯身散马蹄⑪。狡捷过猿猴⑫,勇剽若豹螭⑬。边城多警急,虏骑数迁移⑭。羽檄从北来⑮,厉马登高堤⑯。长驱蹈匈奴⑰,左顾凌鲜卑⑱。弃身锋刃端⑲,性命安可怀⑳?父母且不顾,何言子与妻?名在壮士籍㉑,不得中顾私㉒。捐躯赴国难,视死忽如归。

注 释

①白马篇:一作游侠篇,是曹植创作的乐府新题。
②金羁(jī):金饰的马笼头。
③幽并:幽州和并州。今河北、山西北部和内蒙古、辽宁一部分地区,古代出游侠的地方。
④去乡邑:离家乡。

⑤扬声：扬名。垂：同"陲"，边境。
⑥宿昔：早晚。秉：执。
⑦楛（hù）矢：用楛木做成的箭。何：多么。参差（cēncī）：长短不齐。
⑧控弦：张弓。的：靶子。
⑨摧：摧毁。月支（ròuzhī）：箭靶名称。
⑩接：射中。飞猱（náo）：飞奔的猿猴。
⑪散：射碎。马蹄：箭靶名称。
⑫狡捷：矫捷。
⑬勇剽（piāo）：勇敢剽悍。
⑭虏骑（jì）：指匈奴、鲜卑的骑兵。数（shuò）迁移：指经常有军事行动。数，屡次。
⑮羽檄（xí）：紧急文书，类似鸡毛信。
⑯厉马：策马。
⑰长驱：向前奔驰。蹈：践踏。
⑱凌：压制。鲜卑：古代中国东北少数民族。
⑲弃身：舍身。
⑳怀：爱惜。
㉑籍：名册。
㉒中顾私：心里想个人私事。

简　评

　　这是一篇正面歌颂武艺超群而以身许国的英雄人物的诗。诗中的白马大侠并非现实生活中某个具体的豪侠人物，而是诗人按其理想塑造的一个"高大全"形象。诗人《求自试表》云："昔从武皇帝，南极赤岸，东临沧海，西望玉门，北出玄塞，伏见所以用兵之势，可谓神妙。而志在擒权馘亮，虽身分蜀境，首悬吴阙，犹生之年。"可见在描写诗中人物时，也寄托着诗人的抱负。当然，诗中这个武艺高强到神妙的人物，又并不等于诗人自己。汉魏时期，北边的匈奴和鲜卑常常为患，诗中将两族同写可见并非实指某一具体的战争，而是泛泛虚拟。"弃身锋刃端"到最后，直抒以身许国的豪情，即郭茂倩总结的"言人当立功立事，尽力为国，不可念私也"，大义凛然，慷慨激昂之至。

野田黄雀行

曹植

高树多悲风,海水扬其波①。利剑不在掌②,结友何须多。不见篱间雀③,见鹞自投罗④。罗家得雀喜⑤,少年见雀悲。拔剑捎罗网⑥,黄雀得飞飞⑦。飞飞摩苍天⑧,来下谢少年。

注　释

①高树多悲风,海水扬其波:这两句以树大招风起兴,喻环境凶险。悲风,凄厉的寒风。扬其波,掀起波浪。
②利剑:锋利的剑,比喻权力。
③不见:君不见,呼告语。
④鹞(yào):猛禽类。罗:捕鸟用的网。
⑤罗家:设网的人。
⑥捎(shāo):削破。
⑦飞飞:自由飞行的样子。
⑧摩:迫近。

简　评

这是一首寓言诗。这首诗工于起调,开篇就创造出奇警雄浑的境界。"高树多悲风"二句,前人释为"树高多风""海大扬波""风波以喻险恶",渲染出悲凉的气氛,构成全诗的基调。"利剑不在掌,结友何须多"为全篇主意所在。它表明诗人的现实处境不妙,而诗的作意与结友有关。陈祚明谓"此应自比黄雀,望援之人,语悲而调爽。或亦有感于亲友之蒙难,心伤莫救"。"不见篱间雀"到篇末八句,以"不见"二字一气贯注,以象喻义,拟物于人,讲述了一个关于迫害和反迫害的寓言故事。其中角色有四:一为雀——喻受害者;一为鹞;一为罗家——喻加害者;一为少年——喻路见不平、拔刀相助、为人排难解纷者。现实中没有,就造一个,此之谓浪漫手法。唯其出于幻想,所以全诗仍以悲凉为基调。

悲愤诗

蔡琰

汉季失权柄①,董卓乱天常②。志欲图篡弑③,先害诸贤良④。逼迫迁旧邦⑤,拥主以自强。海内兴义师⑥,欲共讨不祥⑦。卓众来东下⑧,金甲耀日光。平土人脆弱⑨,来兵皆胡羌⑩。猎野围城邑⑪,所向悉破亡。斩绝无孑遗⑫,尸骸相撑拒⑬。马边悬男头,马后载妇女。长驱西入关⑭,迥路险且阻⑮。还顾邈冥冥⑯,肝脾为烂腐。所略有万计⑰,不得令屯聚。或有骨肉俱⑱,欲言不敢语。失意几微间⑲,辄言毙降虏⑳。要当以亭刃㉑,我曹不活汝㉒。岂复惜性命,不堪其詈骂㉓。或便加棰杖㉔,毒痛参并下㉕。且则号泣行,夜则悲吟坐。欲死不能得,欲生无一可。彼苍者何辜㉖?乃遭此厄祸㉗。边荒与华异㉘,人俗少义理㉙。处所多霜雪,胡风春夏起㉚。翩翩吹我衣㉛,肃肃入我耳。感时念父母,哀叹无穷已。有客从外来，闻之常欢喜。迎问其消息，辄复非乡里。邂逅徼时愿㉜，骨肉来迎己㉝。己得自解免㉞，当复弃儿子㉟。天属缀人心㊱，念别无会期。存亡永乖隔㊲，不忍与之辞。儿前抱我颈，问母欲何之㊳。人言母当去，岂复有还时。阿母常仁恻㊴，今何更不慈？我尚未成人，奈何不顾思㊵。见此崩五内㊶，恍惚生狂痴㊷。号泣手抚摩，当发复回疑。兼有同时辈㊸，相送告离别。慕我独得归，哀叫声摧裂㊹。马为立踟蹰，车为不转辙㊺。观者皆嘘唏，行路亦呜咽㊻。去去割情恋㊼，遄征日遐迈㊽。悠悠三千里，何时复交会㊾？念我出腹子㊿，胸臆为摧败㉛。既至家人尽，又复无中外㊼。城郭为山林，庭宇生荆艾㊼。白骨不知谁，纵横莫覆盖㊼。出门无人声，豺狼号且吠。茕茕对孤景㊼，怛咤糜肝肺㊼。登高远眺望，魂神忽飞逝。奄若寿命尽㊼，旁人相宽大。为复强视息㊼，虽生何聊赖㊼？托命于新人㊼，竭心自勖励㊼。流离成鄙贱㊼，常恐复捐废㊼。人生几何时，怀忧终年岁㊼。

作　者

　　蔡琰，生卒年不详，字文姬，东汉陈留圉（今河南杞县）人。蔡邕女。自幼博学，妙于音律。嫁河东卫仲道，夫亡无子，归宁母家。汉末董卓之乱中，被掠入南匈奴十二年，生二子。建安十二年（207年）被曹操遣使赎回，嫁屯田都尉董祀。

注　释

　　①汉季：汉末。权柄：指汉王朝的统治权力。
　　②董卓：东汉献帝时代的军阀、权臣。乱天常：犹言悖天理。天常，天之

常道。

③篡弑（cuànshì）：言杀君夺位。中平六年（189年）董卓废汉少帝刘辩为弘农王，次年杀之。

④诸贤良：指丁原等贤臣。

⑤旧邦：指长安。初平元年（190年）董卓焚烧洛阳，强迫君臣百姓西迁长安。

⑥兴义师：初平元年关东州郡以袁绍为盟主，起兵讨董。

⑦不祥：不善，指董卓。

⑧卓众：指董卓部下李傕、郭汜等，其于初平三年（192年）出兵关东，大掠陈留、颍川诸县。蔡文姬即于此时被掳。

⑨平土：平原。指关东陈留、颍川一带。

⑩胡羌：董卓所部多羌、氐族人。

⑪猎野：指李、郭军或包围城市，或劫掠农村。

⑫斩截无孑（jié）遗：屠杀得一个不留。孑，独。

⑬相撑拒：互相堆砌。

⑭西入关：指入函谷关。按，卓众从关内东下，大掠后还入关。

⑮迥路：遥远漫长的路。

⑯邈冥冥：邈远迷茫的样子。

⑰略：同"掠"。

⑱骨肉俱：亲人同时被俘。

⑲几微：稍微。

⑳辄言：动不动就说。毙降虏：杀了俘虏。

㉑要当：应当。亨刃：犹言加刃。

㉒我曹：我辈，兵士自称。不活汝：不让你活。

㉓詈（lì）骂：恶言辱骂。

㉔棰杖：棍棒。

㉕毒痛：指心中的苦和身上的痛。

㉖彼苍者：天呀。何辜：有何罪孽。

㉗厄：困苦。

㉘边荒：指南匈奴，今山西临汾附近。蔡文姬之入南匈奴，《后汉书》本传言在兴平二年（195年）。这年十一月李傕、郭汜等为南匈奴左贤王所破，疑蔡文姬入南匈奴军即在此时。

㉙俗：鄙俗。少义理：言其地风俗野蛮。这句檃栝了诗人被蹂躏被侮辱的种种遭遇。

㉚胡风：朔风，北风。

㉛翩翩：风吹衣飘的样子。

㉜邂逅（xièhòu）：意外地相遇。徼（jiǎo）：通"侥"。时愿：指诗人归

乡的心愿。

㉝骨肉：犹言亲人，指曹操派来迎归诗人的使臣。

㉞解免：指脱离被俘者的屈辱生活。

㉟当复：又得要。儿子：指在南匈奴生的两个儿子。

㊱天属缀人心：指母子连心。天属，天性相连，指血亲。缀，连接。

㊲存亡永乖隔：生死永别。

㊳欲何之：想到哪儿去。

㊴仁恻（cè）：仁慈。

㊵顾思：思念。

㊶五内：五脏。

㊷恍惚：精神恍惚。狂痴：神志不清。

㊸同时辈：指难友。

㊹摧裂：使人听了心肝碎裂。

㊺不转辙：车轮转不动。

㊻行路亦呜咽：过路的行人也为之哭泣。

㊼去去：快走快走，催人速去之词。情恋：母子眷恋不舍。

㊽遄（chuán）征：疾行。日遐迈：日益疏远。

㊾交会：相会。

㊿出腹子：亲生子。

51 摧败：摧毁。

52 中外：家庭内外，家人和外人。

53 荆艾：荆棘艾蒿，泛指杂草。

54 莫：没有。覆盖：掩埋。

55 景（yǐng）：同“影”，日影。

56 怛咤（dázhà）：惊痛失声。糜：烂。

57 奄：气息微弱的样子。

58 视息：指活下去。

59 何聊赖：有何乐趣。

60 新人：指后夫董祀。

61 竭心：努力。勖（xù）：勉励。

62 成鄙贱：产生了自卑心理。

63 捐废：被遗弃。

64 终年岁：终身。

简　评

这是蔡文姬的自传诗，也是杜甫以前第一篇文人自传体长篇叙事诗。它真实生动地记录了在汉末大动乱中诗人独特的悲惨遭遇，也写出了人民，特别是在战争中饱经蹂躏的女性共同的苦难，具有史诗的性质。全诗分三大段。从"汉季失权柄"到"乃遭此厄祸"四十句为第一段，写诗人在汉末兵乱中的亲身经历。从"边荒与华异"到"行路亦呜咽"亦四十句为第二段，写流落异域思念故土之情及得归故乡时的抛子之痛。从"去去割情恋"到篇末二十八句为第三段，写诗人回到家乡的情况：一是回不到过去，家乡变得很陌生；二是摆不脱自卑心理，总是担心别人的轻贱。诗人的笔力之深刻，还在于它如此真实地反映了时代、命运加在妇女身上的沉重精神枷锁，这也是制造女性悲剧的一大原因。《悲愤诗》无论在思想内容还是在艺术形式上都有独到之处，蔡文姬也因此成为中国诗史上第一位卓越的叙事诗人。后来杜甫的《咏怀五百字》和《北征》等五言长篇叙事杰作，都有得力于《悲愤诗》处。

咏怀（其一）

阮籍

夜中不能寐，起坐弹鸣琴①。薄帷鉴明月②，清风吹我衿。孤鸿号外野③，翔鸟鸣北林④。徘徊将何见？忧思独伤心。

作　　者

阮籍（210年—263年），字嗣宗，三国陈留尉氏（今河南开封）人。阮瑀子,"竹林七贤"之一。初为掾属,又为尚书郎,均因病免官。司马懿引为从事中郎,官终步兵校尉。有明辑本《阮步兵集》。

注　释

①夜中不能寐,起坐弹鸣琴:化用王粲《七哀诗》:"独夜不能寐,摄衣起抚琴。"夜中,半夜。
②薄帷鉴明月:明亮的月光透过薄薄的帐幔照了进来。鉴,照。
③孤鸿:失群的大雁。号:哀号。
④翔鸟:飞鸟。鸟在夜里飞是因为月明的缘故。北林:《诗经·秦风·晨风》:"鴥彼晨风,郁彼北林。未见君子,忧心钦钦。"故诗人用"北林"一词表示忧伤。

简　评

阮籍《咏怀诗》非一时之作,也不是有计划的组诗。这首诗原列第一,清代方东树说:"此是八十一首发端,不过总言所以咏怀,不能已于言之故。"这首诗不一定写作最早,只是因为它特别空灵,除了寒秋月夜的情景、寂寞伤心的情绪,没有稍微质实的内容。诗中时间是午夜,地点在室内,抒情主人公是自己。由于夜不成寐,而起坐弹琴。薄薄的帘幕,既挡不住月光,也隔不断清风。野外失群的孤鸿的哀啼,林间无巢的鸟儿的悲鸣,隐隐约约暗示着那伤心来自寂寞,来自失意。不过,诗人没有挑明他思念的人到底是谁。这首诗妙于运用营造气氛,来抒发难以明言、也无须明言的抑郁,"以浅求之,若一无所怀,而字后言前,眉端吻外,有无尽藏之怀,令人循声测影而得之"(王夫之)。

咏怀（其六十七）

阮籍

洪生资制度①，被服正有常②。尊卑设次序，事物齐纪纲③。容饰整颜色④，磬折执圭璋⑤。堂上置玄酒⑥，室中盛稻粱⑦。外厉贞素谈⑧，户内灭芬芳⑨。放口从衷出⑩，复说道义方⑪。委曲周旋仪⑫，姿态愁我肠。

注　释

①洪生：鸿儒，有学问的大儒生。资：凭借。制度：指各种礼法章程。
②被服：穿戴。
③齐：指一律遵照。纪纲：指封建社会所规定的礼法纲常。
④容饰：仪容服饰。整：严肃。
⑤磬（qìng）折：形容鞠躬弯腰的样子。磬，古代的打击乐器，形状曲折。圭璋：两种玉制礼器名。
⑥玄酒：古代祭祀当酒用的水。
⑦稻粱：谷物的总称，指丰美的食品。这两句说洪生厅堂上用白水待客示俭，内室却满盛膏粱，相当奢侈。
⑧外厉：外表上讲究。厉，修炼。贞素谈：纯正的谈吐。
⑨芬芳：指德行高尚。
⑩放口乱说。衷：内心。
⑪复说：改口又说。上句与这句说有时随口说出心里想的话，但发觉走嘴，又立刻改口发仁义道德之高论。
⑫委曲周旋：装模作样。仪：仪态。

简　评

这是一首嘲讽礼法之士虚伪的诗。"洪生"就是鸿儒，这里指世俗礼法之士，"制度"即礼制。诗的前八句写洪生的道貌岸然：其穿戴合于规定，严格遵守等级制度；接人待物也很得体，在祭祀场合容饰整洁,手执圭璋,行礼如仪——以玄酒、稻粱做祭品。总之是无可挑剔。紧接四句写洪生具有两重人格,在行为上的表里不一,在言谈上的自相矛盾:在外满口仁义道德,私下一肚子男盗女娼;有时随口吐出一点真情,马上又恢复一本正经的说教。最后两句从而议论:看到他们委曲周旋,许多假处,实在令"我"心中作三日恶。这首诗平铺直叙,放言观感,爱憎分明,在咏怀诗中是很特别的,开创了一种讽刺的题材。李白《嘲鲁儒》即受此诗的影响。

赠秀才入军(其十四)

嵇康

息徒兰圃①,秣马华山。流磻平皋②,垂纶长川③。目送归鸿,手挥五弦④。俯仰自得,游心太玄⑤。嘉彼钓叟,得鱼忘筌⑥。郢人逝矣⑦,谁与尽言?

作　者

嵇康(224年—263年),字叔夜,三国谯国铚县(今安徽濉溪)人。三国曹魏治书侍御史嵇昭之子。早年迎娶曹操曾孙女长乐亭主为妻,拜官郎中,授中散大夫,世称"嵇中散"。司马氏掌权后,隐居不仕,拒绝出仕。景元四年(263年),因受钟会构陷,而遭掌权的大将军司马昭处死,时年四十岁。有《嵇中散集》。

注　释

①兰圃:有兰草的野地。

② 流磻（bō）：指弋射。用生丝做绳系在箭上射鸟叫作弋，在系箭的丝绳上加系石块叫作磻。皋：水边地。
③ 纶：指钓丝。
④ 五弦：弦乐器，似琵琶而略小。
⑤ 太玄：大道，深奥玄妙的道理。
⑥ 筌：捕鱼竹器名。《庄子·外物》："筌者所以在鱼，得鱼而忘筌也。"
⑦ 郢（yǐng）人：《庄子·徐无鬼》载，有郢人将白土在鼻上涂了薄薄一层，叫匠石用斧子削去它。匠石运斧成风，眼睛看都不看一下，就把白土削干净了。郢人面不改色且鼻子毫无损伤。郢人死后，匠石的这种绝技再也不能表演，因为没有默契的搭档了。郢，地名，春秋楚国都城。

简　评

　　这是诗人送其兄嵇喜入军组诗十八首中的一首，原列十四。嵇喜曾举秀才（秀才是汉魏时荐举科目之一，人数不多而地位较高，不同于明清时称州县学府中生员的秀才），故题以"秀才"称之。嵇喜因为人俗气曾遭阮籍的白眼，而阮籍对嵇康则是青眼相加的。这首诗中的主人公表现脱俗潇洒，不完全是嵇喜的写照，而更多地带有嵇康本人的个性色彩。"息徒兰圃"六句，写主人公在旷野上的自由活动，仿佛是独来独往。兰圃、华山等地名衬托得人物更有风度（魏晋间人最讲究风度）。"目送归鸿，手挥五弦"二句最为后人称道。主人公一面弹琴，一面目送飞雁，似乎心不在琴，其实更加开心写意。接下来两句"俯仰自得，游心太玄"，写主人公领略山水乐趣的同时，心境自然契合于道，而难以言表。"嘉彼钓叟"上承"垂纶长川"，下启"得鱼忘筌"，这是庄子的诗学话语，其对等的命题是"得意妄言"。不过道是可以辩的，但辩友难得一遇，如郢人之于匠石，惠施之于庄子。所以游弋于大道的人既是最自由的，也是最寂寞的。诗人借"赠秀才入军"之题，抒发的是个人对宇宙人生大道的感悟，读之令人神远。

情诗（其五）

张华

游目四野外①，逍遥独延伫②。兰蕙缘清渠③，繁华荫绿渚④。佳人不在兹⑤，取此欲谁与⑥？巢居知风寒，穴处识阴雨。不曾远别离，安知慕俦侣⑦？

作　者

张华（232年—300年），字茂先，西晋范阳方城（今河北固安）人。西晋初，任黄门侍郎、中书令。灭吴后，进封广武县侯。惠帝时为太子少傅，后迁司空。"八王之乱"中，为赵王伦所害。有明辑本《张司空集》，另有《博物志》传世。

注　释

① 游目：目光四处观望。
② 延伫：久立。
③ 缘：沿。渠：河道。
④ 荫：以浓荫覆盖。
⑤ 佳人：指妻子。
⑥ 取此：采来兰蕙。欲谁与：想要给谁。
⑦ 慕俦（chóu）侣：思念伴侣。俦侣，伴侣。

简　评

这首诗是夫妇赠答之词，表现游子对妻子的思念之情。诗的前六句平平叙起，似曾相识，使人联想到古诗"涉江采芙蓉"。诗的精彩处在后面四句。"巢居知风寒，穴处识阴雨"是说巢居的鸟最易感受风寒，穴处的虫子能够预知阴雨。这两句诗是运用汉魏时的熟语（《汉书·翼奉传》："犹巢居知风，穴处知雨，亦不足多，适所习耳"），来比喻生活在特定环境中人对某些况味感受真切，不同寻常。最后两句通过反诘的语气，托出正意："不曾远别离，安知慕俦侣？"未曾亲身经历远别离的人，怎能知道孤独者思念伴侣的那种如饥似渴的滋味呢？这句话道出了诗人渴念妻子的心情，含有深切的人生体验，因而也道出了许多"离人"的共感。

悼亡诗二首（其一）

潘岳

荏苒冬春谢①，寒暑忽流易②。之子归穷泉③，重壤永幽隔④。私怀谁克从⑤，淹留亦何益⑥？僶俛恭朝命⑦，回心反初役⑧。望庐思其人，入室想所历⑨。帏屏无髣髴⑩，翰墨有余迹⑪。流芳未及歇，遗挂犹在壁⑫。怅恍如或存⑬，周遑忡惊惕⑭。如彼翰林鸟⑮，双栖一朝只⑯。如彼游川鱼，比目中路析⑰。春风缘隙来⑱，晨霤承檐滴⑲。寝息何时忘，沉忧日盈积⑳。庶几有时衰，庄缶犹可击㉑。

作　　者

潘岳（247年—300年），字安仁，西晋荥阳中牟（今属河南）人。少以才颖见称，乡邑称奇童。为司空、太尉掾。出任河阳令、怀令，有政绩。累迁给事黄门侍郎。依附外戚贾谧，为"二十四友"之首。贾谧见诛于赵王伦，岳因谋复仇事泄，为伦所害。有明辑本《潘黄门集》。

注　释

① 荏苒（rěnrǎn）：时间渐渐逝去。谢：逝去。
② 流易：变换。寒暑易节表明时间过去一年。古代丈夫为妻子的服丧期为一年。这首诗即作于服丧期满之时。
③ 之子：指妻子。穷泉：黄泉，指墓中。
④ 重壤：厚厚的土层。幽隔：被黑暗隔绝。
⑤ 私怀：指悼念亡妻的心情。谁克从：能对谁诉说？克，能。
⑥ 亦何益：又有什么好处。
⑦ 僶俛（mǐnmiǎn）：勉力。朝命：朝廷的任命。
⑧ 回心：转念。初役：原职。
⑨ 所历：过去的生活经历。
⑩ 帏屏：帐帏屏风。髣髴（fǎngfú）：指亡妻的影子。
⑪ 翰墨：笔墨。这句是说生前的墨迹尚存。
⑫ 流芳未及歇，遗挂犹在壁：气息还留在室内，生平玩用之物还挂在壁上。流芳，指亡妻的气息。
⑬ 怅恍：恍惚。如或存：好像还活着。
⑭ 周惶：惶恐。忡（chōng）：忧。惕：惧。这一句表现怀念亡妻的复杂情绪。
⑮ 翰林：有鸟栖息的树林。
⑯ 一朝只：如今只剩下一个。只，一个。
⑰ 比目：鱼名，以成双作对为特点。析：分开。
⑱ 隙：门窗的缝。
⑲ 霤（liù）：屋上流下来的水。承檐滴：顺着屋檐流。
⑳ 盈积：越积越多。
㉑ 庶几：但愿。衰：减。庄缶：《庄子·至乐》："庄子妻死，惠子吊之，庄子则方箕踞鼓盆而歌。"缶，瓦盆，古代打击乐器。这两句说但愿悲痛随时间淡化，自己能像庄子那样达观才好。

简　评

这是一首较早的悼亡诗。诗人妻子杨氏与诗人共同生活了二十四个年头，卒于晋惠帝元康八年（298年）。这首诗作于诗人为杨氏服丧期满之时。从开篇到"回心反初役",写诗人安葬亡妻于归途中寻寻觅觅、惨惨戚戚的思想活动。从"望庐思其人"到"比目中路析"写诗人回到家中,见人去室空,不觉又生出一番感伤。从"春风缘隙来"至篇末,写诗人的丧偶积痛难消,从而希望自己能像庄子那样通达,从忧伤中得到解脱。全诗没有叙述多少夫妻生活的事实,而是紧紧围绕诗人乱糟糟的内心活动、意识之流加以描写,如怨如慕,如泣如诉,以真情动人。诗人的悲痛虽然深广,在表现上却无意强调夸张,只是浅斟低唱、一味白描,写一些眼前景,说了些心中事,用了些通俗喻,将悼亡的深情婉转流动于清浅的字句之间,从而取得一种娓娓动听、扣人心弦的艺术效果。

赴洛道中作二首(其一)

陆机

总辔登长路①,呜咽辞密亲。借问子何之?世网婴我身②。永叹遵北渚③,遗思结南津④。行行遂已远,野途旷无人。山泽纷纡余⑤,林薄杳阡眠⑥。虎啸深谷底,鸡鸣高树巅。哀风中夜流⑦,孤兽更我前。悲情触物感,沉思郁缠绵。伫立望故乡,顾影凄自怜。

作　者

陆机(261年—303年),字士衡,西晋吴郡吴县(今江苏苏州)人。三国吴丞相陆逊之孙,大司马陆抗之子。抗卒,领父兵为牙门将，吴亡，回乡闭门读书。晋时任国子祭酒，累官殿中郎。"二十四友"之一。赵王伦篡位，任中书郎。伦败，为成都王司马颖所救，引为大将军参军，表为平原内史。后为颖统兵讨长沙王司马乂，后败被诬而死。有明辑本《陆平原集》。

注　释

① 总辔（pèi）：控制驭马的缰绳。
② 世网：尘俗社会的一切束缚。婴：纠缠。
③ 永叹：长叹。遵：沿着。北渚：北面的水涯。
④ 遗思：犹怀念。
⑤ 纡余：迂回曲折的样子。纡，曲折。
⑥ 林薄：交错丛生的草木。杳：幽暗。阡眠：草木茂密貌。
⑦ 哀风：凄厉的寒风。

简　评

　　这是一首去国怀乡之作。诗人为形势、生计所迫将赴洛阳，在辞亲远游之际不免生出许多不舍。庾信曾把陆机入洛与王粲依刘并论。赴洛对于陆机来说，不仅意味着告别故乡热土，走向异国他乡，而且意味着即将割断与故国故家传统的联系，因此有着双重的痛苦。诗中明写赴洛与恋乡的内心冲突，实际上潜伏着更深一层的内心矛盾。这种冲突在诗中分两步写出：从"总辔登长路"到"遗思结南津"六句，写辞亲远游（"遵北渚"而"登长路"）。事出于不得已，故临路未发之际，有十二分的不情愿（先自"呜咽"继而"永叹"），这是第一番内心冲突；从"行行遂已远，野途旷无人"到篇末"伫立望故乡，顾影凄自怜"十二句，写赴洛途中历经艰险，更加引起诗人对家乡的怀念，这是第二番内心的冲突。因为这首诗道出了几分真实的生活感受，所以为人传诵。

咏史（其二）

左思

郁郁涧底松①，离离山上苗②。以彼径寸茎③，荫此百尺条④。世胄蹑高位⑤，英俊沉下僚⑥。地势使之然，由来非一朝⑦。金张籍旧业⑧，七叶珥汉貂⑨。冯公岂不伟⑩，白首不见招⑪。

作　者

左思（约250年—约305年），字太冲，西晋齐国临淄（今属山东）人。以妹左芬入宫，移家洛阳，官秘书郎。曾为秘书监贾谧讲《汉书》，为"二十四友"之一。惠帝永康元年（300年），贾谧见诛于赵王伦，思遂不复仕专意典籍，历十年而成《三都赋》，士人竞相传抄，一时洛阳为之纸贵。太安二年（303年），因洛阳兵乱，迁居冀州，数年而卒。有近人辑本《左太冲集》。

注　释

① 涧：两山之间的水沟。
② 离离：繁盛、茂密的样子。山上苗：山上小树。
③ 径寸茎：即一寸粗的茎，指山上苗。
④ 荫：遮蔽。百尺条：指涧底松。条，树枝。
⑤ 世胄（zhòu）：世家子弟。蹑（niè）：登。
⑥ 沉下僚：沉没于下级职务。
⑦ 地势使之然，由来非一朝：这种情况是地势造成的，其所从来久矣。
⑧ 金：指金日磾。《汉书·金日磾传》载，金日磾家自汉武帝到汉平帝，七代为内侍。张：指张汤，张家自汉宣帝以后有十余人为侍中、中常侍。《汉书·张汤传》云："功臣之世，唯有金氏、张氏，亲近贵宠，比于外戚。"

⑨七叶：七代。珥（ěr）汉貂：汉代侍中、中常侍的帽子上，皆插貂尾。珥，插。
⑩冯公：指冯唐。伟：奇。
⑪不见招：不被进用。

简　评

　　这首诗抨击社会用人制度之不公。《韩非子·功名》云："夫有材而无势，虽贤不能制不肖。故立尺材于高山之上，而临千仞之溪，材非长也，位高也。"为这首诗出语所本。"以彼径寸茎，荫此百尺条"，乍听荒谬，接上两句，竟真有其事。"地势使之然，由来非一朝"，由个别到一般，使诗句具有很大的涵盖面，概括极有力度。曹魏推行"九品中正"的门阀制度，在西晋则有进一步的加强，竟至"上品无寒门，下品无势族"。人与人的不同，首先从家庭出身就表现出来，"世胄蹑高位，英俊沉下僚"的现象真是何代无之。"由来非一朝"五字，包含着多么深沉的感叹，代代沉沦下僚的英才都能体味到。小篇幅，大感慨，一首短诗，一篇宏论。它以涵盖古今的笔力写出，特有钦崎磊落之气；复能一唱而三叹，固为咏史之佳构，述怀之名作也。

娇女诗①

左思

　　吾家有娇女，皎皎颇白皙。小字为纨素②，口齿自清历③。鬓发覆广额④，双耳似连璧⑤。明朝弄梳台⑥，黛眉类扫迹⑦。浓朱衍丹唇，黄吻阑漫赤⑧。娇语若连琐，忿速乃明慧⑨。握笔利彤管⑩，篆刻未期益⑪。执书爱绨素，诵习矜所获⑫。其姊字惠芳⑬，面目粲如画⑭。轻妆喜楼边⑮，临镜忘纺绩⑯。举觯拟京兆⑰，立的成复易⑱。玩弄眉颊间，剧兼机杼役⑲。从容好赵舞⑳，延袖像飞翮㉑。上下弦柱际，文史辄卷襞㉒。顾眄屏风画，如见已指摘㉓。丹青日尘暗㉔，明义为隐赜㉕。驰骛翔园林㉖，果下皆生摘㉗。红葩缀紫蒂，萍实骤抵掷㉘。贪华风雨中，眴忽数百适㉙。务蹑霜雪戏，重綦常累积㉚。并心注肴馔㉛，端坐理盘槅㉜。翰墨戢函案㉝，相与数离逖㉞。动为垆钲屈，屣履任之适㉟。止为茶菽据，吹吁对鼎䥶㊱。脂腻漫白袖，烟薰染阿锡㊲。衣被皆重地，难与沉水碧㊳。任其孺子意㊴，羞受长者责。瞥闻当与杖㊵，掩泪俱向壁㊶。

注　释

①娇女：指诗人的两个女儿，长名左芳，次名左媛。
②小字：即乳名。纨素：左媛的字。
③清历：清楚利落。
④广额：宽宽的脑门儿。
⑤连璧：即双璧，形容双耳圆润。
⑥明朝：犹清早。
⑦黛：画眉膏，墨绿色。类扫迹：像扫帚扫的似的。这句说眉毛画脏了。
⑧浓朱：即口红。衍：漫，染。丹唇：即朱唇。黄吻：即黄口，这里指小孩的嘴唇。澜漫：色彩浓厚鲜明的样子。这两句是说娇女把口红涂得太多了。
⑨连琐：滔滔不绝。忿速：恼急。明：明晰干脆。慧（huò）：乖戾。这两句是说撒娇时话语滔滔不绝，恼怒时便暴跳如雷。
⑩利：贪爱。彤管：红漆管的笔，古代史官所用。
⑪篆刻：指书写。益：进步。
⑫绨（tí）：厚绢，粗厚平光的丝织品，用来做书的封面。矜：自夸。这两句说娇女喜欢拿最好的绢本书看，稍微懂一点便向人夸耀。以上写纨素。

⑬ 惠芳：左芳的字。
⑭ 粲：美好的样子。如画：形容其美。
⑮ 轻妆：淡妆。
⑯ 纺绩：纺纱绩麻。
⑰ 觯（zhì）：疑当作觚，写字用的木简。京兆：指张敞，汉宣帝时为京兆尹，曾为妻画眉。拟京兆即模仿张敞画眉。
⑱ 的：本义为靶心，此指古时女子以朱点眉心为饰。成复易：屡成屡改。
⑲ 玩弄美颊间，剧兼机杼役：是说化妆时用的工夫，甚于纺绩工作。
⑳ 赵舞：古代赵国的舞蹈。
㉑ 延袖：展袖。
㉒ 柱：琴瑟上架弦的木柱。擘（bì）：折叠。这两句是说她玩乐器调弦时，便把文史书籍随心所欲地卷折起来。
㉓ 顾眄（miǎn）屏风画，如见已指摘：是说娇女对屏风上的绘画，还未看清楚就随便批评。
㉔ 丹青：指屏上画。
㉕ 明义：明显的意义。赜（zé）：隐晦。
㉖ 骛：乱跑。
㉗ 果下：指果实下垂。
㉘ 红葩：红花。萍实：一种果实。骤：频繁。抵掷：投掷。这两句是说她们在萍实未成熟的时候，就连蒂摘下来，互相投掷玩耍。
㉙ 贪华：喜爱花。眕（shěn）忽：疾速。适：往。这两句说娇女因为喜爱园中花，风雨中也要跑去看几百次。
㉚ 重：复。綦（qí）：鞋带。这两句是说娇女一定要到外面踏雪嬉戏，为了防止鞋子脱落系了许多鞋带。
㉛ 肴馔：美食，鱼肉叫肴，酒牲脯醢总称馔。
㉜ 榍：同"核"，是古人宴飨时盘中所置桃梅之类的果品。
㉝ 戢（jí）：收藏。案：书案。
㉞ 离逖（tì）：丢掉。
㉟ 动：动辄。垆：缶，古代打击乐器。钲（zhēng）：铙钹类打击乐器。屈：征服。屣（xǐ）履：拖着鞋。这两句是说她们一听到锣鼓声，鞋还未穿好就往外跑。
㊱ 荼：苦菜。菽：豆类。二者皆古人所煮食的饮料。鼎：三足两耳烹饪之器。鬲（lì）：即鬲，像鼎，有三个空心足，也是烹饪器。这两句是说娇女为煎汤不熟而着急，因此对着鼎罐不停地吹。
㊲ 阿锡：阿緆，精致的丝织品和细布，指娇女所穿的衣服料子。这两句说娇女常在垆灶下吹火，白袖被油污了，阿緆被烟熏黑了。

㊳衣被：衣服和被子。重地：质地很厚。水碧：碧水的倒文。这两句是说由于娇女很淘气，为使衣被经用，所用材质取其厚，因此难于洗濯。
㊴孺子：儿童的通称。
㊵瞥：见。当与杖：应当挨打。
㊶向壁：对着墙壁。

简　评

　　这首诗是中国最早的儿童文学作品，诗中写诗人两个女儿的故事。根据所写的情况推测，当时诗人的大女儿惠芳大约十岁上下，小女儿纨素不过六七岁光景。从开篇到"诵习矜所获"共十六句写小女纨素。从"其姊字惠芳"到"明义为隐赜"亦十六句写大女惠芳。从"驰骛翔园林"到篇终共二十四句合写两位娇女。儿童文学的价值就在于它能帮助人们找回失去的童真。这首诗是通过日常生活细节塑造形象。诗人并不直接说女儿的娇，而是通过具体细节——诸如学妆、握笔、执书、谈吐、理盘核、看热闹、吹茶灶，等等，写出她们是怎样的娇，"字字是女，字字是娇女，尽情尽理尽态"（谭元春）。《娇女诗》开拓了一片新的诗歌领域，此后写小儿女的诗篇逐渐多起来，如陶渊明《责子》、李商隐《骄儿诗》、杜甫《北征》、宋代杨万里的儿童诗，都能把人带回天真无邪的童年时代，找回那个时代给予每个人的诗意的馈赠。

扶风歌①

刘琨

　　朝发广莫门②，暮宿丹水山③。左手弯繁弱④，右手挥龙渊⑤。顾瞻望宫阙⑥，俯仰御飞轩⑦。据鞍长叹息⑧，泪下如流泉。系马长松下，发鞍高岳头⑨。烈烈悲风起，泠泠涧水流。挥手长相谢⑩，哽咽不能言。浮云为我结⑪，归鸟为我旋。去家日已远，安知存与亡？慷慨穷林中，抱膝独摧藏。麋鹿游我前，猿猴戏我侧。资粮既乏尽，薇蕨安可食⑫？揽辔命徒侣⑬，吟啸绝岩中。君子道微矣，夫子故有穷⑭。惟昔李骞期⑮，寄在匈奴庭。忠信反获罪，汉武不见明⑯。我欲竟此曲⑰，此曲悲且长。弃置勿重陈⑱，重陈令心伤。

作　者

刘琨（271年—318年），字越石，西晋中山魏昌（今河北无极）人。初任司隶从事，为"二十四友"之一。频迁著作郎、太学博士、尚书郎。晋怀帝立，出任并州刺史，与匈奴刘渊、羯人石勒等抗争数年。晋愍帝立，拜大将军。后败于石勒，为鲜卑人段匹磾所害。有明辑本《刘越石集》。

注　释

①扶风：郡名，郡治在今陕西泾阳。
②广莫门：晋洛阳城北门。
③丹水山：在今山西高平北。
④繁弱：良弓名。
⑤龙渊：宝剑名。
⑥顾瞻：回头望。阙：宫门前的望楼。
⑦飞轩：飞奔的车子。
⑧据鞍：在马背上。
⑨发鞍：卸下马鞍。
⑩谢：辞别。
⑪结：停顿。
⑫薇蕨：野菜，嫩时可食。
⑬揽辔：拉住马缰。徒侣：指随从。

⑭君子道微矣，夫子故有穷：《论语·卫灵公第十五》："（孔子）在陈绝粮，从者病，莫能兴。子路愠见曰：'君子亦有穷乎？'子曰：'君子固穷，小人穷斯滥矣。'"夫子，指孔子。故，一作固。

⑮李：指李陵。骞（qiān）期：错过约定期，指战败于匈奴事。骞，通"愆"。

⑯不见明：不被谅解。

⑰竟：奏完。

⑱重陈：再说。

简　评

这首诗作于晋怀帝永嘉元年（307年），时诗人受任并州刺史，九月末自京城洛阳前往并州治所晋阳（今山西太原）。据《晋书》本传刘琨自叙九月底出发，道险山峻，胡寇塞路，人民困乏，流移四散，十不存二；一路招募流亡，以少击众，冒险而进，转斗至晋阳。诗即述途中所见所感和对时局的忧危忠愤的心情。全诗九解，分别写登程、恋阙、小憩、辞别、思家、困厄、排遣、隐忧、尾声。这是一首以天下为己任、持危扶颠的壮士之诗，本来也可以写得豪情满纸、激昂慷慨，然而诗人却采取了一种低调的写法，突出行军中种种凄凉感伤而忧惧的心情。"惟大英雄能本色"，诗就好在写出了英雄本色的一面。诗略于叙事而详于抒情，抒情采用的是纯意识流的写法，即将沿途复杂的思想感情，择要一一写来，九解蝉联而下，逐解换韵，采用复叠、接字等手法，造成既一气贯注又千回百折、回肠荡气的感觉，所以激动人心。

归园田居(其一)

陶渊明

少无适俗韵①,性本爱丘山。误落尘网中②,一去三十年。羁鸟恋旧林③,池鱼思故渊。开荒南野际,守拙归园田④。方宅十余亩,草屋八九间。榆柳荫后檐,桃李罗堂前⑤。暧暧远人村⑥,依依墟里烟⑦。狗吠深巷中,鸡鸣桑树颠。户庭无尘杂⑧,虚室有余闲⑨。久在樊笼里⑩,复得返自然。

作　者

陶渊明(365年—427年),一名潜,字元亮,号五柳先生,晋宋(南朝宋)间浔阳柴桑(今江西九江)人。东晋名臣陶侃曾孙。一生三仕三隐,于彭泽令任内弃官归里,隐居田园,遂不复仕。于南朝宋文帝时卒,友人私谥曰靖节。有《陶渊明集》。

注　释

① 适俗:适应世俗。韵:气质。
② 尘网:指尘世。
③ 羁(jī)鸟:笼中之鸟。
④ 守拙:指固守节操。
⑤ 罗:罗列。
⑥ 暧(ài)暧:模糊。
⑦ 依依:轻柔而缓慢地飘升。墟里:村落。
⑧ 户庭:门庭。尘杂:尘俗杂事。一说尘土。
⑨ 虚室:空落落的房间。
⑩ 樊笼:鸟笼。樊,藩篱。

简　评

陶渊明在辞去彭泽令后的次年，写下了《归园田居》组诗五首。这是第一首，写辞官归来如释重负的愉快心情。"性本爱丘山"也就是"质性自然"。诗人一生有三仕的经历，在较长时间内失落了自我，成了"羁鸟""池鱼"，这两个意象，遥起篇末"樊笼"二字，形成贯穿首尾的系列比喻。紧接写归田，"守拙"是一个关键词，"拙"，相对于"巧"而言。回到农村，参加劳动，本本分分做人，老老实实做事，机巧就派不上用场了。以下是田园风光的描写，其中包含诸多的信息：久经战乱，地广人稀，房屋简陋，而宅地宽敞；只要投入劳动，就可以手种风光；人口密度不大，鸡犬之声相闻，就像回到小国寡民的时代。"余闲"是另一个关键词，等于马克思说的"自由时间"，它标志着人性解放的尺度。诗人从与社会对立的自然、与城市对立的农村、与破坏对立的生产中看到希望，教人在乱世怎样自我完善、维持心态的平衡，对后世影响极大。

归园田居（其三）

陶渊明

种豆南山下①，草盛豆苗稀②。晨兴理荒秽③，带月荷锄归④。道狭草木长⑤，夕露沾我衣。衣沾不足惜⑥，但使愿无违。

注　释

① 南山：指庐山。
② 稀：稀少。
③ 兴：起床。荒秽：指地里杂草。
④ 荷（hè）锄：扛着锄头。
⑤ 狭：狭窄。草木长：草木丛生。
⑥ 足：值得。

简　评

　　这首诗写诗人归隐田园后参加劳动的心得。"种豆南山下"二句，并不表明诗人不会种庄稼，因为种豆不是一个技术性很强的农活。这两句话有一个出处，那就是汉代杨恽获罪罢官发牢骚的一首诗："田彼南山，芜秽不治。种一顷豆，落而为萁。人生行乐耳，须富贵何时。"《汉书》颜师古注引张晏说："芜秽不治，言朝政之荒乱也……零落在野，喻己见放弃也。"陶渊明用这首诗，固然可以有自嘲之意，但他沿用了杨诗"田彼南山，芜秽不治"的喻义，说明生当乱世，洁身自好，躬耕田园，不失为一种人生选择。"带月荷锄归"表明忙活了一天，收工时的心情是轻松愉快的。"带月"不是戴月，是形容"月亮走，我也走"，极富诗意。诗人走在野草丛生的乡间小路上，夜露打湿了他的衣裳。最后一句是全诗的结穴所在，也是陶渊明为人处世的根本原则之所在。这里的"衣沾"既是事实，又是弃官归耕必然也会遇到一定困难的象征。是事实，所以亲切；是象征，所以耐味。

饮酒(其五)

陶渊明

结庐在人境①,而无车马喧②。问君何能尔③?心远地自偏。采菊东篱下,悠然见南山④。山气日夕佳⑤,飞鸟相与还⑥。此中有真意⑦,欲辩已忘言⑧。

注 释

① 结庐:建造住宅。人境:人类社会。
② 车马喧:指世俗的喧嚣。
③ 何能尔:为什么能这样。尔,这样。
④ 悠然:自得的样子。
⑤ 日夕:傍晚。
⑥ 相与还:结伴而归。
⑦ 真意:真谛。
⑧ 欲辩:想要辩明。忘言:找不到恰当的语言。

简 评

陶渊明一生主张复返自然,第一步是在思想上排斥世俗的价值观,做到心静,心静则境静。这首诗前四句讲的就是这个道理。"心远地自偏"是一篇之要言,中含妙道,王安石叹服道:"自有诗人以来,无此四句。"紧接四句便从偶然目击的自然景物,写随缘自适的生活乐趣。"采菊东篱下,悠然见南山"是陶诗名句。苏东坡指出"见"与"望"的差别在于,"望"是有意识的注视,"见"是无意中的相逢,所以更加"悠然"。然后是写景。夕阳西下,宿鸟归飞,是意味无穷的象征。诗人从中领悟到生命的真谛,正要把它说出来,却找不到合适的语言了。看似率意而成的诗句,却深合于庄子"大辩不言"的道理。鲁迅说,当陶渊明高吟"饥来驱我去"时,或者偏见很有几分酒意,否则他就不会"悠然见南山"而将"愕然见南山"了。这话虽属调侃,却契合《饮酒》这个诗题。

移居(其一)

陶渊明

昔欲居南村①,非为卜其宅②。闻多素心人③,乐与数晨夕④。怀此颇有年⑤,今日从兹役⑥。弊庐何必广⑦,取足蔽床席⑧。邻曲时时来⑨,抗言谈在昔⑩。奇文共欣赏,疑义相与析⑪。

注 释

①南村:在今江西九江西南。
②卜其宅:占卜问宅之吉凶。
③素心人:指心性纯洁善良的人。李公焕注云:"指颜延年、殷景仁、庞通之辈。"
④数(shuò)晨夕:朝夕相见。
⑤怀此:抱着这个愿望。颇有年:有很多年了。
⑥兹役:兑现此事。
⑦敝庐:简陋的房屋。何必广:何须宽大。
⑧取足蔽床席:能放一张床、一条席子就可以了。
⑨邻曲:邻居,即素心人。
⑩抗言:高谈阔论。抗,通"亢"。在昔:指往事。
⑪析:剖析文义。

简　评

诗人移居,是因为旧宅失火,暂时以船为家,移居浔阳南村。这首诗写移居南村是诗人的夙愿。"素心人"是个关键词,指心地善良或自甘淡泊的人。个人无力拨乱反正,可有权择邻卜居。"弊庐何必广"二句表明对居住条件不苛求,"审容膝之易安"即可。"邻曲时时来"四句,写与素心人之间往来交谈之乐。说古道今,气氛热烈;谈诗论文,兴复不浅——本来奇文自赏,疑义自析亦无不可,然而何如同好之间交流心得、互相启发之收获,有乐趣呢?移居本是一件平常的生活事件,但由于融入了诗人对人生的彻悟,所以读来句句都有不平常的意思,使人感到亲切有味。

移居(其二)

陶渊明

春秋多佳日,登高赋新诗。过门更相呼,有酒斟酌之①。农务各自归,闲暇辄相思②。相思辄披衣③,言笑无厌时④。此理将不胜⑤?无为忽去兹⑥。衣食当须纪,力耕不吾欺⑦。

注　释

① 斟酌:倒酒。盛酒于勺叫斟,盛酒于觞叫酌。
② 相思:互相惦记。
③ 披衣:披上衣服,指将外出找人谈心。
④ 厌:满足。
⑤ 此理:这种生活乐趣。将不胜:难道不好。

⑥兹:指此理。
⑦纪:经营。不吾欺:不欺吾。这两句一转,是说与友人谈心固然好,但前提应当是自食其力。

简　评

　　这一首继续写移居后于农务之余诗酒流连之乐及由此悟出的人生道理。"春秋多佳日"四句概写移居生活中的良辰美景与赏心乐事。"农务各自归"四句补出农务,更见闲暇的快乐。"此理将不胜"二句紧扣主旨,写出在此久居的愿望。诗人认为人生只有以生产劳动、自营衣食为根本,才能欣赏恬静的自然风光,享受纯真的人间情谊,并从中领悟最高的玄理——自然之道。以"自然有为"的观点与士族玄学"自然无为"的观点针锋相对,是陶渊明用小生产者朴素唯物的世界观批判改造士族玄学的产物。晋宋(南朝宋)之际,玄风大炽,一般诗人都能谈理,玄言诗于是乎兴。陶渊明诗独能做到情中化理,以理入情,理趣先行于字里行间。而"衣食当须纪"二句是水到渠成,殊非蛇足。

读《山海经》(其一)①

陶渊明

　　孟夏草木长②,绕屋树扶疏③。众鸟欣有托,吾亦爱吾庐。既耕亦已种,时还读我书。穷巷隔深辙④,颇回故人车⑤。欢然酌春酒,摘我园中蔬。微雨从东来,好风与之俱。泛览周王传⑥,流观山海图⑦。俯仰终宇宙⑧,不乐复何如?

注　释

①《山海经》：一部记述古代山川异物与神话传说的书，有插图。
②孟夏：初夏，夏季第一个月，农历四月。
③扶疏：枝叶茂盛、高低疏密有致的样子。
④穷巷：陋巷。隔：隔绝。深辙：大车辙痕，指贵人所乘之车。
⑤颇回：屡有挡回。一说屡有（故人车）来。
⑥周王传：指《穆天子传》。
⑦山海图：即插图本《山海经》。
⑧俯仰终宇宙：俯仰间遍游宇宙。即所谓"秀才不出门，能知天下事"。

简　评

　　这首诗是组诗十三首的第一首，写耕读生活的乐趣。前四句从良辰好景叙起，归结到得其所哉之乐。良禽择木以栖，"众鸟欣有托"是赋象，而联系下文"吾亦爱吾庐"，又是兴象。"欣托"二字，便是"吾亦爱吾庐"的深刻原因。有了家，又有了精神寄托，也就找到了人生的归宿。"既耕亦已种"四句述说幽居耕读生活之梗概。正确处理耕种和读书之关系，须是耕种第一，读书第二。然后是接待客人。"欢然酌春酒"四句就写田园以时鲜待客，共乐清景。最后回到"时还读我书"。《周王传》(穆天子传)、《山海经》都属神话传说，有很强的文艺性和可读性。"俯仰终宇宙"二句是全诗的总结。诗人的快乐已不限于读书，而已推广到人生之乐。陶渊明是悟性极高的人，他读书也是阅世，而人生正是一本书。读书可乐，生活可乐。这种人生观，源于陶渊明皈依自然，并从中得到慰藉和启示，树立了一种乐观的人生态度。在传统上陶渊明继承了孔子之徒曾点的"春服浴沂"的理想；在实践上则是参加劳动亲近农人的结果，是一份值得重视的精神遗产。

登池上楼

谢灵运

潜虬媚幽姿①,飞鸿响远音②。薄霄愧云浮,栖川怍渊沉③。进德智所拙,退耕力不任④。徇禄反穷海⑤,卧疴对空林⑥。衾枕昧节候⑦,褰开暂窥临⑧。倾耳聆波澜⑨,举目眺岖嵚⑩。初景革绪风⑪,新阳改故阴⑫。池塘生春草,园柳变鸣禽⑬。祁祁伤豳歌,萋萋感楚吟⑭。索居易永久⑮,离群难处心⑯。持操岂独古⑰,无闷征在今⑱。

作　者

谢灵运（385年—433年），小名客儿，南朝宋陈郡阳夏（今河南太康）人。东晋名将谢玄孙。生于会稽始宁（今浙江上虞），寄养钱塘（今浙江杭州）。晋末袭封康乐公，曾入刘裕等幕府，转中书侍郎、中军谘议、黄门侍郎。南朝宋立，降为侯爵，复起为散骑常侍，转太子左卫率。南朝宋少帝时，出为永嘉太守。南朝宋文帝时，起为秘书监，又曾为临川内史，后被处死。有明辑本《谢康乐集》。

注　释

①潜虬（qiú）：潜龙。幽姿：潜隐的姿态。
②飞鸿：大雁。
③薄霄：迫近云霄。云浮：指飞鸿。栖川：栖息水中。怍（zuò）：惭愧。渊沉：指潜虬。这两句说面对虬、鸿而自惭形秽。
④进德：增进德业。智所拙：智力不及。拙，指不善取巧。退耕：退隐

躬耕。力不任：体力不能胜任。这两句说自己进退两难，文也文不得，武也武不得。

⑤徇禄：追求俸禄。徇，谋求。穷海：边远滨海地区，指永嘉。
⑥卧疴（kē）：抱病。空林：树叶落尽的树林。
⑦衾（qīn）：被子。昧节候：不明季节变化。
⑧褰（qiān）开：指拉开窗帘。窥临：凭窗眺望。
⑨倾耳：侧耳。聆：听。
⑩岖嵚（qūqīn）：山岭高耸险峻的样子。
⑪初景：初春的阳光。革：清除。
⑫新阳：指春天。故阴：指冬天。
⑬园柳变鸣禽：园中柳树上鸣叫的禽鸟因季节变化而种类不同。
⑭祁祁伤豳歌：《诗经·豳风·七月》："春日迟迟，采蘩祁祁。"祁祁，采蘩者众多的样子。萋萋感楚吟：《楚辞·招隐士》："王孙游兮不归，春草生兮萋萋。"萋萋，草茂盛的样子。这两句是说诗人因伤春而想家。
⑮易永久：容易觉得日子长而难熬。
⑯难处心：难以心态平衡。
⑰持操岂独古：坚持节操的人难道只有古代才有吗？
⑱无闷征在今：意思是自己一定要将隐居遁世没有烦闷的想法付诸行动。无闷，《周易·乾卦·文言》："遁世无闷。"征，证明。

简　评

　　永初三年（422年）谢灵运被逐出京都，迁为永嘉太守，在政治上受到一次沉重打击。来永嘉的第一个冬天他就病倒在床，明春始愈，登楼观景，写下这一名篇。前八句发官场失意卧病永嘉的牢骚。他的思想一度处在仕与隐的矛盾之中，他病了，而且病得不轻。中八句写病起看到的满园春色。最后六句写触情感怀，决计归隐。这首诗令人刮目之处，一是全诗每一联皆由对偶句式组成，为五言排律之雏形；二是诗中金句："池塘生春草，园柳变鸣禽。"有什么比水草长势之猛更能先得春意的呢？杨柳枝叶渐渐茂密，召来了春鸟，一个"变"字来自细致的观察。钟嵘《诗品》引《谢氏家录》云："康乐每对惠连，辄得佳语。后在永嘉西堂，思诗竟日不就。寤寐间，忽见惠连，即成'池塘生春草'。故常云：'此语有神助，非吾语也。'"元好问赞道："池塘春草谢家春,万古千秋五字新。"吴可则说:"春草池塘一句子,惊天动地至今传。"可见这两句诗是怎样为人津津乐道了。

石壁精舍还湖中作

谢灵运

昏旦变气候①,山水含清晖②。清晖能娱人③,游子憺忘归。出谷日尚早,入舟阳已微。林壑敛暝色,云霞收夕霏④。芰荷迭映蔚,蒲稗相因依⑤。披拂趋南径⑥,愉悦偃东扉⑦。虑澹物自轻⑧,意惬理无违⑨。寄言摄生客⑩,试用此道推⑪。

注　释

① 昏旦:傍晚和清晨。
② 清晖:明净的光辉、光泽。
③ 娱人:使人愉悦。
④ 林壑:树林和山谷。敛:收拢。暝色:暮色。霏:云气。这两句说森林山谷笼罩一片暮色,飞动的云霞不见了。
⑤ 芰(jì):菱。蒲稗(bài):菖蒲和稗草。这两句是说湖上荷叶繁盛互相映照,菖蒲和稗草茂密地交杂在一起。
⑥ 披拂:用手拨开草木。
⑦ 偃(yǎn):仰卧。东扉:指东轩的门内。
⑧ 澹(dàn):同"淡"。
⑨ 意惬:心满意足。理:指养生之道。
⑩ 摄生客:关注养生之道的人。
⑪ 此道:指"虑澹物自轻,意惬理无违"所讲的道理。

简　评

　　这首诗作于元嘉元年（424年）至三年（426年）间。其时诗人托病辞官，寓居故乡会稽始宁祖上留下的庄园。庄园包括南北二山，中隔巫湖，旧宅在南山。诗人回乡后又在北山别营居宅。精舍在后世一般用来称佛舍，此指诗人在北山营造的一座书斋。这首诗当是由北山精舍返回巫湖所作。前六句交代由精舍还湖中当日概况。中六句承"入舟阳已微"，描写黄昏到湖后看到的景色和归来的愉快感觉。最后四句写归来后所领悟到的玄理。那就是：一个人只要心境淡泊，凑泊于自然，那么对于名利得失和一切身外之物就会看得很轻；只要自己常常感觉良好，也就无悖于天道物理，换言之，这才是根本的养生之道。这首诗紧扣题中"还"字，写一天的行踪：石壁——湖中——家中，次第井然。其中工笔重点描画的是傍晚湖景，将自然景物写得极富生意。结尾的说理也是来自当日流连光景的实际感受。全诗仍以对偶句组成，已具五排的形式美，是谢灵运山水诗中的佳作。

拟行路难（其六）

鲍照

　　对案不能食[①]，拔剑击柱长叹息。丈夫生世会几时[②]，安能蹀躞垂羽翼[③]？弃置罢官去，还家自休息。朝出与亲辞，暮还在亲侧。弄儿床前戏[④]，看妇机中织。自古圣贤尽贫贱，何况我辈孤且直[⑤]。

作　者

鲍照（约414年—466年），字明远，南朝宋东海（今山东郯城）人。出身贫贱，南朝宋文帝元嘉中，任临川国侍郎、始兴王国侍郎。南朝宋孝武帝时，任海虞令、太学博士兼中书舍人、秣陵令、永嘉令。后入临海王刘子顼幕府，为前军参军，掌书记。南朝宋明帝立，子顼反，兵败，照为乱军所杀。有《鲍参军集》。

注　释

① 案：一种放食器的小几。
② 生世：出生世间。会：能。
③ 安能：怎能。蹀躞（diéxiè）：小步行走的样子。
④ 弄儿：逗小孩。戏：玩耍。
⑤ 孤且直：孤高并且耿直。

简　评

鲍照最具艺术独创性的作品要算《拟行路难》十八首。顾名思义，《拟行路难》当为乐府古题《行路难》的拟作，后者本属汉代民歌，古辞已佚，据《乐府解题》载其大旨为"备言世路艰难及离别悲伤之意"。这首诗原列组诗第六，抒写急于用世而走投无路的焦灼心情。然而它更多的是通过人物外形动作——瞬息万虑不安的情态来协助抒情。"拔剑——击柱——长叹息"三个连贯一气的动作，胜过万语千言。"弃置罢官去"六句，便写放弃功名追求，转而寻求安慰于家庭与天伦之乐。可是陶渊明那样的平和是不容易做到的。最后两句就是一种自我排遣："自古圣贤尽贫贱，何况我辈孤且直。"这话将个人失意扩大到整个历史进程。怀才不遇不是一时的、个别的现象，而是古已有之，连大圣大贤都在所难免。诗人好像是认输了。然而，这不更说明社会存在本身的不合理吗？

梅花落

鲍照

中庭多杂树①，偏为梅咨嗟②。问君何独然？念其霜中能作花，露中能作实③。摇荡春风媚春日，念尔零落逐寒风④，徒有霜花无霜质⑤。

注　释

①中庭：庭院中。
②咨嗟：叹息。
③作实：结实。
④尔：指杂树。
⑤霜质：指御寒能力。

简　评

诗人位卑人微，却才高气盛，尝大言："千载上有英才异士沉没而不闻者，安可数哉！大丈夫岂可遂蕴智能，使兰艾不辨，终日碌碌，与燕雀相随乎？"这首诗在写法上最显著的特色一是拟人，二是反衬，三是设为问答，四是杂言。题面是咏梅，而以杂树为反衬，而梅和杂树都被人格化了。问答的双方则是诗人和杂树。问答起因，是园树虽多而诗人独叹赏梅花，从而引起杂树的质问，共三句。以下五句则是诗人的回答，赞梅花而贬杂树，歌颂了不惧苦寒、花实并茂的高尚品格。诗用杂言，句有奇偶，韵调别具错综之美。"摇荡春风媚春日"句，或按韵脚属上，然而用来形容梅花，与上文"霜中能作花，露中能作实"总觉格格不入。所以此按意属下，标为逗号。

别范安成①

沈约

生平少年日,分手易前期②。及尔同衰暮③,非复别离时④。勿言一樽酒,明日难重持⑤。梦中不识路⑥,何以慰相思。

作　者

沈约(441年—513年),字休文,南朝梁吴兴武康(今浙江德清)人。少孤贫好学,历仕南朝宋、齐、梁三代。齐时竟陵王萧子良开西邸招士,约为"西邸八友"之一。梁时任尚书仆射,封建昌侯,官至尚书令、太子少傅。谥号隐。为诗讲究声律,首创"四声八病"之说,为齐"永明体"代表人物之一。有明辑本《沈隐侯集》。

注　释

①范安成:范岫(440年—514年),字懋宾。曾为齐安成内史,故称"范安成"。
②生平:平生。易:以为容易。前期:对未来的预期、打算。这两句是说少年离别喜欢说来日方长之类的话。
③及尔:与你。同衰暮:都老了。
④非复别离时:不再容易面对离别。
⑤持:执。
⑥梦中不识路:典出《韩非子》:"六国时,张敏与高惠为友,每相思不能得见,敏便于梦中往寻。行至半道,即迷不知路,遂回,如此者三。"

简　评

沈约与范岫同以文才事齐文惠太子,系老交情。前两句先写少年离别。因各富年华,后会有期,不把离别当回事。眼前年纪老大,深感来日无多,便有不胜离别之感,同时暗示出不得不离别的意思。三、四句浅语深衷,包含着真切的人生感受。更有意味的是五、六句,一跳写到饯宴,通过送行一方对将别一方的敬酒辞表现了深厚的情谊:"勿言一樽酒,明日难重持。"别小看这杯酒,别易会难,今后聚饮的机会很难有呢。这个劝酒的场面和劝酒辞,直接启发唐代王维,使他写出了"劝君更尽一杯酒,西出阳关无故人"的千古名句。最后两句暗用了《韩非子》中的典故而令人不觉,为全诗留下袅袅不尽的回音。

石塘濑听猿[①]

沈约

嗷嗷夜猿鸣[②],溶溶晨雾合。不知声远近,惟见山重沓[③]。既欢东岭唱,复伫西岩答。

注　释

① 石塘濑（lài）:地名,不详其处,其地水激石间形成激流。
② 嗷（jiào）嗷:猿鸣叫声。
③ 重沓（tà）:重叠。

简　评

这首诗为即景之作,但不是写观赏之趣,而是写听觉之美。诗仅六句,然而在造境方面,却有多层刻画。诗中将"听猿"的时间安排在昼夜之交(既称"夜猿",又有"晨雾"),这是在山中寂静一夜之后,随着朝嗷将启,万物皆从睡梦中醒来。群动伊始,这山中之猿声,犹如村野之鸡鸣。而昼夜交替,景色朦胧,又是听觉最敏锐的时候。这时的声声猿鸣,该是多么清亮。此时还看不清更多的景物,只见屏障般重沓的群山之轮廓,峰峰之间又弥漫着雾气,空气清澈极了。在这种景色中,于猿只闻其声、不见其形,令人心旷神怡。在古代诗文中,猿声总是与"哀"字结缘的,最有代表性的是《水经注》的"每至晴初霜旦,林寒涧肃,常有高猿长啸,属引凄异,空谷传响,哀转久绝。故渔者歌曰:'巴东三峡巫峡长,猿鸣三声泪沾裳'"。而这首诗中的群猿唱答,却给人一种生气勃勃、欢快愉悦之感。

诏问山中何所有赋诗以答 ①

陶弘景

山中何所有?岭上多白云。
只可自怡悦②,不堪持赠君③。

作　者

　　陶弘景(456年—536年),字通明,自号华阳隐居,丹阳秣陵(今江苏南京)人。仕齐为诸王侍读,除奉朝请。后隐居句曲山(今江苏茅山)。搜集整理道经,创"茅山派"。入梁,武帝礼聘不出,但朝廷大事辄就咨询,时称"山中宰相"。有《本草经集注》《真诰》等。

注　释

　　①诏:皇帝所颁发的文书。

② 怡悦:取悦,喜悦。
③ 不堪:不能胜任。

简　评

　　这首诗乃诗人答梁武帝诏问,口占之作。一说乃答齐高帝诏。"山中何所有"是诏问的内容。梁武之问,就是带头说俏皮话。其言外之意,是山中并无所有,入朝一切便有。陶弘景的回答,自然包含委婉拒聘之意。拒聘而不惹对方生气,是俏皮的好处。这叫以俏皮制俏皮,你俏皮我更俏皮。史载,梁武帝欲致陶出山,陶画一牛放蹄悠游于水草之间、一牛被穿了鼻孔为人所执。梁武帝见画,笑道:"此人无所不作,欲敩曳尾之龟,岂有可致之理。"梁武帝到底还算半个解人,故不妨对他作俏皮诗、俏皮画。如其不然,最好赶紧闭上嘴巴,往深山逃得远远,找一处溪流洗耳去吧。

玉阶怨[①]

谢朓

夕殿下珠帘[②],流萤飞复息[③]。
长夜缝罗衣[④],思君此何极[⑤]。

作　者

　　谢朓(464年—499年),字玄晖,南朝齐陈郡阳夏(今河南太康)人。少有美名,为竟陵王萧子良"西邸八友"之一。初为太尉行参军,又为卫军将军东阁祭酒、太子舍人。萧鸾(即齐明帝)辅政,以为记事,掌文翰。转中书郎,出任宣城太守,复还任中书郎。明帝时出为南东海太守、行南徐州事,迁尚书吏部郎。后被诬下狱死。为"永明体"代表人物之一。有明辑本《谢宣城集》。

注　释

① 玉阶：宫中的石阶。
② 夕殿：黄昏的宫殿。
③ 流萤：萤火虫。息：停止。
④ 罗：丝织品。
⑤ 何极：哪有尽头。

简　评

这是一首宫怨诗。晋陆机《班婕妤》有"寄情在玉阶，托意唯团扇"之句。这首诗题为《玉阶怨》，当即本此。"夕殿下珠帘"，意味着君王当夜不会幸临。"流萤飞复息"，是点染宫中凄凉的气氛。就在这个失意的"长夜"，诗中女主人公还在精心"缝罗衣"，意在邀欢，将希望寄托在明天，故末言"思君此何极"。诗不受故实局限，于团扇见弃之外别出新意，以缝制罗衣暗示宫嫔对渺茫的幸福寄予希望，表现了宫中女性共同的悲哀，这样的手法是具有创造性的。全诗不出现一个"怨"字，而字里行间无不流露出怨意，所以读之"渊然冷然，觉笔墨之中，笔墨之外，别有一段深情妙理。"

王孙游

谢朓

绿草蔓如丝①，杂树红英发②。
无论君不归③，君归芳已歇④。

注释

① 蔓：蔓延。
② 英：花。
③ 无论：莫说。
④ 歇：尽。

简评

魏晋以来文人创作乐府诗，多从古辞中寻找母题。这首诗直接上溯《楚辞》寻找母题，表现的是思妇对游子的思念。诗题出自《楚辞·招隐士》："王孙游兮不归，春草生兮萋萋。"第一句"绿草蔓如丝"即出自"春草生兮萋萋"，"杂树红英发"则是诗人补写的对句，可见春深将夏了，为后两句张本。此诗之妙在于后两句翻进一层，放下《楚辞》的"不归"不论，却说君归又该如何。盖春深游子尚无消息，即使归来，亦错过一春。何况"君不归"呢？这样说就比原辞深入一层，或者说翻过原句，出了新意。"君归芳已歇"所说的芳歇，着眼春光，骨子里却兼带了少妇的青春，这一层是读者可以联想到的。

之宣城郡出新林浦向板桥 ①

谢朓

江路西南永 ②，归流东北骛 ③。天际识归舟 ④，云中辨江树 ⑤。旅思倦摇摇 ⑥，孤游昔已屡。既欢怀禄情 ⑦，复协沧洲趣 ⑧。嚣尘自兹隔 ⑨，赏心于此遇 ⑩。虽无玄豹姿，终隐南山雾 ⑪。

注　释

①宣城：今属安徽。板桥：板桥浦，在离建康不远的西南方。《文选》李善注引《水经注》："江又北经新林浦。"
②江路：长江水路。永：长。
③归流：归向大海的江流。骛：奔驰疾行。
④天际：水天相接处。归舟：指归向京城的船。
⑤江树：江边之树。
⑥摇摇：心神不定的样子。
⑦怀禄情：热衷俸禄之情。
⑧协：适合。沧洲趣：隐居之趣。
⑨嚣尘：喧嚣的尘世。
⑩赏心：令人心情舒畅的事。
⑪虽无玄豹姿，终隐南山雾：刘向《列女传》："妾闻南山有玄豹，雾雨七日而不下食者，何也？欲以泽其毛而成文章也，故藏而远害。"诗人以玄豹为喻，说自己外任宣城，远离京都是非之地，可以全身远害。

简　评

这首诗是羁旅行役写景之作。齐明帝建武二年（495年）春天，谢朓出任宣城太守，从金陵出发，逆大江西行，途经新林浦、三山、板桥浦等地，写下这首诗。王夫之指出："语有全不及情而情自无限者，心目为政，不恃外物故也。'天际识归舟，云中辨江树'，隐然一含情临眺之人，呼之欲出。从此写景，乃为活景。故人胸中无丘壑，眼底无性情，虽读尽天下书，不能道一句。"实开由景见情一种境界，为唐代山水行役诗将景中情、情中景融为一体提供了成功的艺术经验。这首诗通常被认为是谢朓山水诗代表作，其实它写景的句子不多，更着意于旅途感受和况味的抒写，然思致含蓄，结构完整，语言淡永，情味深长。

晚登三山还望京邑 ①

谢朓

灞涘望长安②，河阳视京县③。白日丽飞甍④，参差皆可见。余霞散成绮，澄江静如练⑤。喧鸟覆春洲⑥，杂英满芳甸⑦。去矣方滞淫⑧，怀哉罢欢宴⑨。佳期怅何许⑩，泪下如流霰。有情知望乡，谁能鬒不变⑪？

注　释

①三山：山名，在今江苏南京西南。京邑：指南朝齐都城建康，即今江苏南京。

②灞涘（bàsì）望长安：王粲《七哀诗》："南登霸陵岸，回首望长安。"灞，水名，源出陕西蓝田，流经长安城东。

③河阳：故城在今河南孟州西。京县：指西晋都城洛阳。

④丽：形容词的使动用法，意为"照射使……色彩绚丽"。飞甍（méng）：上翘的屋脊。甍，屋脊。

⑤澄江：清澈的长江。练：洁白的绸带。

⑥喧鸟覆春洲：形容鸟儿之多。

⑦杂英：各色的花。甸：郊野。

⑧方：将。滞淫：长久停留。

⑨怀：想念。

⑩佳期：指归家团圆的日期。

⑪鬒（zhěn）：黑发。

简　评

这首诗与前一首写于同一旅途。三山也是从京城建康到宣城的必经之地，离建康不远。诗中写白日西沉时的江景，"余霞散成绮，澄江静如练"——灿烂的晚霞铺满天空，犹如一匹散开的锦缎，清澄的大江伸向远方，仿佛一条明净的白绸。此二喻象不仅有动态与静态、绚丽与素净的对比，而且都给人以柔软的感觉，与黄昏时平静柔和的情调十分和谐。云霞是瞬息变幻着的，用光彩闪烁不定的锦缎来比喻十分恰切；而大江远看给人宁静的感觉，用白练来比喻最适宜不过。李白诗写道："解道澄江净如练，令人长忆谢玄晖"，表现了他对诗中警句的欣赏。通篇对偶，有整饬的形式美。

江南曲

柳恽

汀洲采白蘋①，日落江南春。洞庭有归客②，潇湘逢故人③。故人何不返？春花复应晚④。不道新知乐⑤，只言行路远。

作　　者

柳恽（465年—517年），字文畅，祖籍河东解县（今山西运城）。初仕南朝齐，曾入齐竟陵王萧子良幕，为法曹参军。官至相国右司马。入梁，历仕平越中郎将、广州刺史、秘书监、吴兴太守等，故后人称"柳吴兴"。曾与沈约等共定新律，又曾定棋谱，撰《棋品》三卷。

注　　释

①白蘋：水草名。
②归客：归乡之人。

③潇湘：潇水与湘水在湖南零陵以西汇合，称"潇湘"。这里指潇湘一带。故人：指女主人公的丈夫。

④复应：又将。

⑤新知乐：屈原《九歌·少司命》："乐莫乐兮新相知。"新知，指丈夫在外的新欢。

简 评

这是一首闺怨诗，借乐府旧题写女主人公的惆怅。诗虽短小，却颇有戏剧性。女主人公出场时，在汀洲采蘋，在古诗中这是怀念远人的一种表现。接着她就遇到了一位"归客"，并且是过去就认识的人，便向他打听丈夫的消息。故人说他在潇湘一带遇见过她的丈夫，但面对女主人公"故人何不返？春花复应晚"的追问，他的回答似乎含糊起来。于是女主人公心里明白，丈夫已经有了新欢。"不道新知乐，只言行路远"是女主人公的一种揣测，这种揣测凭的是直觉，不必有什么证据。而直觉往往是不会骗人的。诗人就这样用从容的、淡淡的笔墨，写出了旧时代的一种世相以及独守空闺的少妇所共有的一种悲哀。

赠范晔诗①

陆凯

折花逢驿使②，寄与陇头人③。
江南无所有，聊赠一枝春④。

作　者

陆凯（？—504年），本姓步六孤，字智君，北魏代郡（今山西代县）人，鲜卑族。东平王陆俟之孙，建安贞王陆馛之子。选为中书学生，拜侍御中散，历任通直散骑侍郎、太子庶子、给事黄门侍郎，出任正平太守，号为良吏。正始元年（504年）去世，追赠使侍节、龙骧将军、南青州刺史。谥号惠。

注　释

①范晔：字蔚宗，顺阳山阴（今河南淅川东）人，南朝宋史学家、散文家。
②花：一作梅。驿使：古代递送官府文书的人。
③陇头人：指范晔。
④聊：姑且。一枝春：指梅花。

简　评

这是一首表达友情的小诗，也是享有盛誉的名篇。诗人妙于构思，为这首诗设计了三个人：一个是身在江南的主人公，一个是身在陇头的友人，一个是充当邮差的"驿使"。还有一个信物，即一枝梅花，是诗人用来表达友谊的意象。梅花为什么能代表友谊呢？一是馨香，二是纯洁，三是耐寒，四是报告春天来临的消息。诗中有一神来之笔："江南无所有。"江南怎么能无所有呢？人人都说江南好呀！可见并不是江南真的无所有，而是主人公思来想去，觉得只有这一枝梅花，最有资格作为坚贞友谊的象征。关于此诗本事，南朝宋盛弘之《荆州记》载："陆凯与范晔交善，自江南寄梅花一枝诣长安与晔，并赠花诗曰：'折梅逢驿使，寄与陇头人。江南无所有，聊赠一枝春。'"从此，诗人常用梅寄一枝、陆凯传情、陇头春信、梅花音信、逢使攀梅等语，表达对友人的问讯及思念。

相送

何逊

客心已百念①,孤游重千里②。
江暗雨欲来,浪白风初起。

作　者

何逊(?—约518年),字仲言,南朝梁东海郯(今山东郯城)人。南朝梁武帝天监中,曾任建安王萧伟的水曹行参军记室,并随萧伟去江州。后来回建康,又任安成王萧秀的幕僚,兼任过尚书水部郎。晚年在庐陵王萧续幕下任职,再度去江州。未几病逝。有明辑本《何记室集》。

注　释

①客心:异乡作客之心。百念:百感交集。
②孤游:孤身一人外出漂泊。重千里:再度作千里之行。

简　评

这是一首赠别之作,清代张玉谷说:"此非送人诗,乃别送者诗也。"《何逊集》中另有五首题为《相送联句》,是何逊与友人韦黯、王江乘二人分别各联四句而成的。当时的所谓联句,就是参与者各赋四句,合起来成为一首称联句。分开来独立成诗,或称断句,后世通称绝句。这首诗可能也有联句的性质。前两句写独上客舟,再作长途漂泊,不免百端交集。后两句撇开抒情,着力于写暴风雨即将来临之景。"江暗雨欲来,浪白风初起",这种天气顶风逆浪行船,是最容易翻船的,看来船家并不打算抛锚。全诗到此戛然而止,留下悬念,令人揪心,此之谓善于造势。全诗四句皆对,词句精练、风格清新,唯用仄韵而平仄尚未完全规范,介于古近体绝句之间,已开唐人五绝之先声。

拟咏怀(其二十六)

庾信

萧条亭障远①,凄惨风尘多。关门临白狄②,城影入黄河。秋风别苏武③,寒水送荆轲。谁言气盖世④,晨起帐中歌⑤。

作　者

庾信(513年—581年),字子山,北周南阳新野(今属河南)人。庾肩吾子。南朝梁时任湘东王萧绎(即梁元帝)国常侍、安南府参军,累迁尚书度支郎中、通直正员郎。出为郢州别驾。出使东魏还朝,任东宫学士,领建康令。侯景攻建康,兵败,信出奔江陵。萧绎称帝,任信为右卫将军,封武康县侯,加散骑常侍,出使西魏。值西魏攻陷江陵,杀梁元帝,因羁留长安,被迫历仕西魏、北周。北周时曾迁骠骑大将军、开府仪同三司、司宪中大夫,进封义城县侯。北周末因病去职,卒于隋初。有明辑本《庾开府集》。

注　释

① 亭障:古代边塞要地设置的亭候堡障,即工事。
② 白狄:我国古代少数民族之一。
③ 苏武:汉武帝时使臣,出使匈奴被羁十九年,全节而归。

④气盖世：项羽《垓下歌》："力拔山兮气盖世。"
⑤帐中歌：即《垓下歌》。

简　评

　　这是组诗二十七首中的一首边塞诗，原列第二十六。"萧条亭障远"四句写边塞景物，全用对仗，勾勒出关河冷落的景象。"白狄""黄河"对仗到单字，尤为工整。"秋风别苏武"二句明用苏武牧羊、荆轲刺秦二典，是以古人酒杯，浇自己滞留北地、不得复还的块垒。"谁言气盖世"二句，暗用项羽垓下作歌之典，极具悲慨。全诗遣词造句颇具匠心，格调苍劲悲壮，多用对仗对偶，只对不黏，格处古近体之间，已开唐人五律先声。

寄王琳①

庾信

玉关道路远②，金陵信使疏③。
独下千行泪，开君万里书④。

注　释

　　①王琳：字子珩，南朝梁将领。
　　②玉关：玉门关，在今甘肃敦煌西。后汉班超久在绝域，年老思乡，上疏请归，疏中说："臣不敢望到酒泉郡，但愿生入玉门关。"这句暗用其事。
　　③金陵：梁朝国都建康，今江苏南京。信使：指使者。疏：稀少。
　　④君：指王琳。万里书：从远方寄来的信。时王琳在郢城练兵，志在为梁雪耻，所以庾信得书，为之泣下。

简　评

　　庾信本为梁侍臣，出使西魏，值西魏攻陷江陵，杀梁元帝，信因而留长安,被迫仕西魏。王琳为梁室忠臣,后死于难。这首诗当是诗人在长安收到王琳寄书后作。前两句以"玉关"和"金陵"对仗,分别代指西魏和梁朝。以"玉关"代指长安,暗用班超久在异域"但愿生入玉门关"的语意,表达了诗人的故国之思。"道路远"而"信使疏",不仅表现了诗人对故国的翘首和怀念,以及对故国政局动荡的不安和忧虑,还为远方来信的珍贵先做了铺垫。后两句专写收信展读时百端交集的心情。"千行泪"对"万里书",极见来信的不易和收信时心情的激动。诗人抑制不住"千行泪",是对自己屈仕敌国而痛心疾首?是勾起国破家亡的哀痛?还是因为老友仍然顾念失节的旧人?三字中的思想感情相当复杂,大大增加了这首绝句的感情容量。五言绝句在当时是一种新兴的诗体,而庾信则是继谢朓之后的一位高手。全诗言简意长而对仗工稳,由于感情相当充沛,将琢句的痕迹冲刷干净,读之只觉真切动人。

重别周尚书①

庾信

阳关万里道②,不见一人归。
唯有河边雁③,秋来南向飞。

注　释

①周尚书:即周弘正(496年—574年),字思行,汝南安城(今属河南)人,梁元帝时为左户尚书。
②阳关:在今甘肃敦煌西,汉时地属边陲,这里代指长安。万里:指长安

与南朝建康相去甚远。

③河：指黄河。

简　评

　　这是一首送别诗，原列《咏怀二十七首》组诗第七。周弘正在梁元帝时为左户尚书，后仕陈朝，奉使北周，陈文帝天嘉三年（562年）南还。庾信先已有诗相赠，这首诗为续作，故题"重别"。前两句叙事，形象地概括周陈通好之前，南北隔绝的政治态势。以"阳关"代指北周，犹前一首诗以"玉关"指西魏一样，表达了诗人身在长安，有如汉人身在塞外的感觉。由于南北对立，由南入北的人，曾经没有一个能够回去。由此可见周弘正的返陈，在当时是怎样重大的一条新闻。后两句写景，简笔勾勒出万里长空雁南飞的河上寥廓秋景，而以"唯有"二字点意，对上文"不见一人归"是一个有力的反衬，可见人不如雁，慨何如之？其次，大雁南飞，对于周尚书的南归又是一个形象的隐喻，寄托着诗人的羡慕之情。最后，在万里阳关大道的背景衬托下，远飞的大雁，又成为自由的一个象征。这首诗反映了历史上南北分裂时期人民渴望打破信息阻绝、交通阻绝现状的心情。以小见大，以少总多，是绝句艺术奥秘所在。庾信的这两首五绝（含《寄王琳》）在艺术上非常成熟，开了唐人五绝艺术的先河。

闺怨篇

江总

　　寂寂青楼大道边①，纷纷白雪绮窗前。池上鸳鸯不独自,帐中苏合还空然②。屏风有意障明月,灯火无情照独眠。辽西水冻春应少,蓟北鸿来路几千③。愿君关山及早度,念妾桃李片时妍。

作　者

江总（519年—594年），字总持,祖籍济阳郡考城（今河南民权）。初任南朝陈武陵王府法曹参军,又授职为何敬容府主簿,不久调任尚书殿中郎。平定侯景之乱后,诏命江总任明威将军、始兴内史。恰逢江陵陷落,从此寄居岭南多年。天嘉四年（563年）,因任中书侍郎回朝廷,管辖侍中省。陈后主陈叔宝时,江总任宰相,他不理政务,只是每天和后主在后宫饮酒作乐,直至陈朝灭亡。

注　释

①青楼：涂饰青漆的楼房,诗中女子居处。
②苏合：即苏合香,一种燃香。然：通"燃"。
③辽西、蓟北：俱指边塞。辽西指辽河以西地区；蓟北指蓟州以北,今河北东北部。

简　评

这首闺怨诗是一首较早的七言新体诗。"寂寂青楼大道边"六句写闺中少妇冬夜空房独宿的情景。建筑豪华,装修精美,室内陈设考究,对诗中女子的孤单心境适成强烈的反衬。"辽西水冻春应少"二句是闺中少妇设想边塞的苦寒及丈夫的寂寞相思和雁书难寄,体贴入微,适见彼此心有灵犀。"愿君关山及早度"二句写闺中少妇殷切期望丈夫早日归来,勿使自己青春虚度。全诗韵度清新,语言流畅,已近唐音。

子夜歌（其三）

南朝乐府

宿昔不梳头①，丝发被两肩。
婉伸郎膝上②，何处不可怜。

南朝乐府

南朝乐府一般指东晋至陈末的乐曲歌辞，包括民歌和文人作品两类。今存南朝乐府民歌约近五百首，大部分收录在宋代郭茂倩所编的《乐府诗集》中。

注　释

① 宿昔：即夙昔，指昨夜。
② 婉：婉转柔美。伸：展开。

简　评

《子夜歌》是东晋流行歌曲，《乐府诗集》存四十二首。这首诗描绘一对情人相会时甜蜜的情景，着重表现少女的黏人。敢于不梳头而蓄披肩发的，是妙龄少女，绝非半老徐娘。"何处不可怜"不仅是男方的感觉，更是少女得宠时，良好的自我感觉。"不梳头""被两肩"不符合传统道德对女子举止的要求和古典美学中以对称整饬为美的观念，展示了一种任性和不规则的美。这首诗就将女性的媚态，表达得入木三分。

子夜歌（其七）

南朝乐府

始欲识郎时，两心望如一①。
理丝入残机②，何悟不成匹③。

注　释

①望如一：希望两个人一条心。
②理丝：抽理蚕丝，"丝"双关"思"。残机：残留着织品的织机，或残破的织布机。
③何悟：哪里想到。匹：布匹，双关"匹配"。

简　评

诗中人一边织布，一边想着心事：当初相识的时候，他不是这样子的呀，两个人像是一条心呀，怎么说变就变了呢？正在心烦意乱时候，该死的破机子偏作对，光断线，看来织不成布匹了——这里"匹"字双关"匹配"。谐音双关是南朝民歌常用的手法。明明是人的问题，女主人公却迁怒于织布机，这一细节刻画曲尽人情。

子夜歌（其九）

南朝乐府

今夕已欢别①，合会在何时②？

明灯照空局③，悠然未有期④。

注　释

①已欢别：已和爱人告别。欢，爱人。
②合会：指重逢。
③空局：空空的棋盘。局，指棋局。
④悠然：久远的样子，双关"油燃"。未有期：没有确定的日期，双关"没有棋"。

简　评

诗写别情，关键在第二句的一问。回答本是"君问归期未有期"，诗中人却绕了个弯子。三、四句既是歇后，也是双关。明灯照着个空棋局，不是"油燃未有棋"（悠然未有期）吗？仍是谐音双关，民间喜闻乐见的一种表达方式。也可以假定，这对人儿过去是常对坐围棋的。对方走了，棋兴顿减，当然也就有"明灯照空局"的情形。

子夜歌（其三十三）

南朝乐府

夜长不得眠，明月何灼灼①。
想闻散唤声②，虚应空中诺③。

注　释

①灼灼：耀眼的样子。
②散唤声：当是"欢唤声"，参同组诗"夜长不得眠，转侧听更鼓。无故

欢相逢，使侬肝肠苦"。欢，指情郎。

③虚应：白白地答应。空中诺：本不存在的搭话，指幻听。

简　评

这首诗写苦恋中女子的痴态。痴态可以有千百种，诗人选择了最富表现力的一种，即幻听，来写女主人公痴迷的、失常的情态。诗中的她，在一个明月皎皎的夜晚不能成眠，好像听见那个人在唤她，竟下意识地答应了一声；又立刻意识到声音非真，不禁转入懊恼。这种情境在生活中常有，然而在诗中却第一次见到。

子夜四时歌（其十）

南朝乐府

春林花多媚，春鸟意多哀①。
春风复多情②，吹我罗裳开③。

注　释

①意多哀：叫声多么悲哀，这是少女的主观感觉。
②复：又。多情：富于感情，这也是主观感觉。
③罗裳：丝质下裳。

简　评

这是一首妙龄女子怀春的心曲，属于"有我之境"了，因为诗中描绘的各色春景，莫不沾上一个情窦初开的少女的色彩。这首诗反复地、有变化地通过春花的妩媚、春鸟的哀声、春风的多情，一连串的春意，三个"多"字，有力地突出了青春少女性的觉醒、爱的萌芽。这样集中，又这样繁复，随着诗人的生花妙笔，读者分明感到少女内心世界的向外扩散，她那强烈的主观感觉已充塞天地，拥抱了整个春天。诗中的少女想象春风像情郎一样，在替她宽衣，可谓痴率天真，艳而不亵。

子夜四时歌（其三十四）

南朝乐府

青荷盖渌水①，芙蓉葩红鲜。
郎见欲采我②，我心欲怀莲③。

注　释

①青荷：指荷叶。渌（lù）水：清水。
②欲采：想要采摘。
③怀莲：孕怀莲子，指春心萌生。莲，双关"爱怜"。

简　评

这首诗写男有心，更是写女有意。好花一般比女色，但大胆的南朝女子却敢于用比男色，"芙蓉"的谐音不正是"夫容"吗？诗云郎要采我，是有心摘一朵戴的意思。我心怀莲（怜），是正中下怀的意思。民歌好就好在怎么想怎么说，绝不忸怩作态。四川清音有一段绝妙的唱词："男有心来姐有心，哪怕山高水又深。山高自有人行路，水深自有渡船人。""三十五里桃花店，四十五里杏花村。桃花店里出美酒，杏花村里有佳人。""好酒越吃越不醉，好花越看越爱人。"亦有同妙。

子夜四时歌（其五十七）

南朝乐府

秋风入窗里，罗帐起飘扬①。
仰头看明月，寄情千里光②。

注　释

①罗帐：丝质幔帐，这里指窗帘。
②寄情千里光：让月光把相思之情寄给千里外的人，即唐诗"愿逐月华流照君"的意思。

简　评

　　读这首民歌，绝大多数读者都会联想起大诗人李白那首脍炙人口的《静夜思》来——无论构思、造境、取象、用语，乃至五绝体制，都有传承的关系。但两首诗并不能互相取代。因为这一首写的是夫妇之间的相思，而非一般游子之情。诗中罗帐这一意象就与夫妇爱情生活密切相关。李白另有一首《独漉篇》写道："罗帷舒卷，似有人开。明月直入，无心可猜"，也是对此诗意的发挥。"似"字入妙——过去是两心无猜，而今无心可猜，以写寂寞之情妙极。

子夜四时歌（其五十九）

南朝乐府

渊冰厚三尺①，素雪覆千里②。
我心如松柏，君情复何似？

注　释

① 渊冰：水潭里的冰。
② 素雪：白雪。

简　评

冰厚三尺，雪覆千里，为江南不易见之景。孔子说："岁寒，然后知松柏之后凋也。"诗中人借冰雪中挺立的松柏自喻坚贞，目的是要逼着对方鲜明表态。虽是冬歌，仍以其水一般的曲折而有异于北歌的质直。

大子夜歌二首

南朝乐府

其　一

歌谣数百种，子夜最可怜。
慷慨吐清音①，明转出天然②。

其 二

丝竹发歌响③,假器扬清音④。
不知歌谣妙,声势出口心⑤。

注 释

①慷慨:情绪激昂。清音:清越的声音。
②明转:清亮婉转。天然:不加修饰的样子。
③丝竹:弦乐和管乐,泛指音乐。
④假器:借助乐器,指伴奏。
⑤声势:声音和气势。出口心:指清唱。

简 评

《大子夜歌》是《子夜歌》的变曲,这两首歌辞大约是当时文士写来赞颂《子夜歌》诸歌的。如果不将诗体局限于七言范围,可以说这两首诗才是最早的论诗绝句。所论的对象虽然直接是《子夜歌》,但六朝民歌之妙亦尽于其中。古谣谚说:"丝不如竹,竹不如肉。"意思是声乐之妙,有愈于器乐,也就是说清唱胜于有伴奏。可见当时的《子夜歌》主要靠的是清唱。而就这两首诗本身而言,表达艺术直感,明白如话、措辞精当、声音响亮,也有"慷慨吐清音,明转出天然"之妙,可以说是诗人现身说法。

懊侬歌(其三)①

南朝乐府

江陵去扬州②,三千三百里。
已行一千三,所有二千在③。

注　释

①懊侬：懊恼。
②江陵：在今湖北荆州，战国时称郢，为楚国国都。从春秋战国到五代十国，五百年间先后有三十四代帝王在此建都。扬州：古称广陵，是最繁华的都会。
③所有：尚余。在：存在。

简　评

这是一首用做减法写成的诗。初读此诗，大都不免失笑。歌词极为浅显，不过是水程中人计算已走多少、还剩多少行程而已。抒写相思，用的却是一道简单的算术题。王士禛《分甘馀话》云："乐府'江陵去扬州'一首，愈俚愈妙，然读之未有不失笑者。余因忆再使西蜀时，北归次新都，夜宿闻诸仆偶语曰：'今日归家，所余道里无几矣，当酌酒相贺也。'一人问：'所余几何？'答曰：'已行四十里，所余不过五千九百六十里耳。'余不觉失笑，而复怅然有越乡之悲。此语虽谑，乃得乐府之意。"还有用加法做成的诗，如清代黄景仁《新安滩》："一滩复一滩，一滩高十丈。三百六十滩，新安在天上。"可以参读。

读曲歌（其五十五）

南朝乐府

打杀长鸣鸡①，弹去乌臼鸟②。
愿得连冥不复曙③，一年都一晓④。

注　释

①长鸣鸡：雄鸡。

②弹去:用弹弓打掉。乌臼:鸟名,伯劳。以喜食乌桕,因以名之。
③连冥:连续的黑夜。曙:天亮。
④一晓:一次天亮。

简 评

　　这首诗写新婚夫妻赖床的心理。范成大《桂海虞衡志·志禽》:"长鸣鸡,高大过常鸡,鸣声甚长,终日啼号不绝。"范成大所说的"长鸣鸡"与这首诗所说的"长鸣鸡"不必是一回事。乌臼鸟又名黎雀、鸦舅,天将明即啼叫,先于司晨之鸡。但不管是雄鸡还是乌臼鸟,它们只是报晓而已,是黎明的使者而非黎明的主宰,将它们打杀、弹去就能阻止黎明的到来吗?诗中人迁怒禽鸟的无赖及"一年都一晓"着想的天真,都表现了其情痴,而诗味也正在于此。

白石郎曲①

南朝乐府

白石郎,临江居。前导江伯后从鱼②。
积石如玉,列松如翠。郎艳独绝,世无其二。

注　释

　　①白石郎:水神。《列仙传》:"白石先生常煮白石为粮,因就白石山居,故名。"
　　②前导:前面引导。江伯:河伯,水神。后从:后面跟从。

简　评

　　这是一首娱神的歌,属乐府神弦曲。据《晋书·夏统传》载,当时祭神,多用女巫,神弦曲应是由女巫来唱的。从来诗歌多歌咏女色,这首歌却是写美男的。"白石郎,临江居",是说神庙建在江边。接着想象其出行"前导江伯后从鱼"。"积石如玉",是白石郎的粮食,他以白石为粮。"列松如翠",是白石郎的居所环境。最令人惊艳的是结尾两句:"郎艳独绝,世无其二",网络语言谓之"小鲜肉"。诗取女性本位,或《越人歌》似的男性本位,在古诗中都属于另类。唯其写到极致,故令人一读难忘。

青溪小姑曲 ①

南朝乐府

开门白水,侧近桥梁。
小姑所居,独处无郎。

注 释

①青溪:水名。三国吴在建业城东南所凿东渠,在今江苏南京,发源于钟山,流经南京市区入秦淮河。小姑:汉秣陵尉蒋子文为国击贼而死,时人在钟山为之立庙,以其三妹配祀,即青溪小姑。

简 评

这首诗也属于神弦曲,青溪小姑是民间祭祀的一位女神。干宝《搜神记》载:"广陵蒋子文尝为秣陵尉,因击贼,伤而死。吴孙权时封中都侯,立庙钟山。"刘敬叔《异苑》曰:"青溪小姑,蒋侯第三妹也。"吴均《续齐谐记》载,会稽赵文韶曾于月夜见过青溪小姑,"年可十八九许,容色绝妙"。这首诗只有短短十六个字。

"开门白水,侧近桥梁"是青溪庙周边环境;"小姑所居,独处无郎"交代小姑单身独居的状况,暗示有意者都有邂逅的机会,给读者留下丰富的想象空间,所以为妙。

拔蒲①

南朝乐府

其 一

青蒲衔紫茸②,长叶复从风。与君同舟去,拔蒲五湖中③。

其 二

朝发桂兰渚④,昼息桑榆下⑤。与君同拔蒲,竟日不成把。

注 释

①拔蒲:江南水乡的一种普通农活。
②青蒲:即蒲草,水生植物,茎叶可用于制作蒲席。紫茸:蒲花呈絮状紫色。
③五湖:即太湖。
④渚:水中小块陆地。
⑤桑榆:乡下常见的两种树,用喻日暮,《太平御览》引《淮南子》:"日西垂,景在树端,谓之桑榆。"

简　评

　　这两首诗写民间女子劳动和恋爱的快乐。第一首写蒲叶长势很好，拔蒲正是时候，隐义是姑娘人也大了，恋爱正是时候。女主人公心情非常愉快，俗话说，"男女搭配，干活不累"，"与君同舟去，拔蒲五湖中"，正是干活不累。第二首更妙，"朝发""桑榆"表明出工道里遥远、拔蒲用了很长时间，但一天下来收获并不多——"竟日不成把"，理由是"与君同拔蒲"。时间都到哪去了呢？于是读者都懂了，而为之莞尔。这首小诗因为有生活而极富诗意。

西洲曲

南朝乐府

　　忆梅下西洲，折梅寄江北①。单衫杏子红，双鬓鸦雏色②。西洲在何处？两桨桥头渡③。日暮伯劳飞，风吹乌臼树④。树下即门前，门中露翠钿⑤。开门郎不至，出门采红莲⑥。采莲南塘秋，莲花过人头。低头弄莲子，莲子清如水⑦。置莲怀袖中，莲心彻底红。忆郎郎不至，仰首望飞鸿⑧。鸿飞满西洲，望郎上青楼。楼高望不见，尽日栏杆头。栏杆十二曲，垂手明如玉⑨。卷帘天自高，海水摇空绿⑩。海水梦悠悠，君愁我亦愁。南风知我意，吹梦到西洲。

注　释

　　①忆梅下西洲，折梅寄江北：忆梅，指忆意中人。下，往。西洲，女方住

处附近。折梅,指寄书信,参陆凯《赠范晔诗》。江北,男子住处。这两句是说因忆人而寄书信,与之约会。

②单衫杏子红,双鬓鸦雏色:回忆最初见面时女子的样子。鸦雏色,像乌鸦雏鸟羽毛的颜色。形容女子头发乌黑发亮。

③两桨桥头渡:是说女子住在水乡。两桨,代船。桥头渡,傍桥的渡口。

④日暮伯劳飞,风吹乌臼树:是说到达晚了,只见伯劳、乌桕不见人。乌臼,乌桕。

⑤门中露翠钿:是说女子曾经在门中盼望过。翠钿,用翠玉制成的首饰。

⑥开门郎不至,出门采红莲:是说女子候人不至,出门采莲去了。

⑦莲子:双关"怜子",即爱你。清如水:表示信任对方的纯洁。

⑧望飞鸿:指盼望书信,意思是女子希望得到一个解释。

⑨垂手明如玉:与古诗"纤纤出素手"同义。

⑩卷帘天自高,海水摇空绿:卷帘眺望,只见高高的天空和荡漾的碧波。海水,指浩荡的江水。

简　　评

《西洲曲》写的是江南水乡青年在采莲季节的恋爱情思,男女双方彼此互爱,一往情深,带有自由恋爱的性质。诗中把双方挚爱的情思,通过一次错过的约会来写,这种戏剧性情节,有利于深入表现双方情爱的执着和缠绵,也就容易出戏。诗中以长江中游明丽的自然风光,如西洲、渡口、桥头、南塘、乌桕、红莲等场景风物,衬托水乡男女在采莲季节的生活和情思,做到情、景、事三者的高度协调,生动地再现了水乡风情,意境极美。诗人在古体诗中运用了新体的声律,如"树下即门前"一联、"忆郎郎不至"一联、"海水梦悠悠"一联,都是合律的句子;全诗四句或两句一换韵,韵随意转,声情密切配合,直接影响了初唐四杰体七言古诗句调的形成。诗中多用联珠或顶针的句法,上下勾连,回环婉转,摇曳生姿,富于暗示性的诗句和欲断还连的诗节,恰到好处地表现了诗中人绵绵不断的情思。

琅琊王歌 ①

北朝乐府

新买五尺刀，悬著中梁柱 ②。
一日三摩挲 ③，剧于十五女 ④。

北朝乐府

北朝民歌多半是北魏以后的作品，陆续传到南方，由梁朝的乐府机关保存。与南朝乐府相比，北朝民歌口头创作居多，以谣体为主，数量较南朝民歌为少，而内容较为开阔，艺术表现则较为质朴刚健。

注　释

① 琅琊王：琅琊是春秋战国时齐国主要城邑和港口。西汉吕后七年（公元前181年）吕后置琅琊国，封刘泽为琅琊王。西晋封司马伦为琅琊王，隶属徐州刺史部。
② 著：在。
③ 摩挲（mósuō）：用手抚摩。
④ 剧：甚。十五女：十五岁的女子。

简　评

这是一首写勇士爱刀的诗。记得上小学时念过一篇课文："工人爱机器，农民爱土地，战士爱枪又爱炮，学生要爱书和笔。"语极通俗，读后令人深长思之。说穿了，是各爱各的命根子。这首诗写勇士爱刀，写得很有意思，令人想起《水浒传》中的林冲，他买来宝刀，先"把这口刀翻来覆去看了一回"，"当晚不落手看了一晚。夜间挂在壁上，未等天明又去看那刀"。可知是如何爱刀了。这首诗主人公将新买的宝刀悬之中梁,一日三番把玩,一似林冲。此诗之妙,还在写到"一日三摩挲"后,一下从"五尺刀"联想到"十五女",居然说刀比十五岁的妙龄少女还要吸引人,真是敢想敢说了。歌咏尚武任侠的精神,却用情爱作陪衬,这是北歌的做派。不过,诗中也捎带一点英雄爱美之意。难怪王士禛评道:"是快语,语有令人骨腾肉飞者,此类是也。"骨腾肉飞,煽情之谓也。

幽州马客吟歌辞 ①

北朝乐府

快马常苦瘦,剿儿常苦贫 ②。
黄禾起羸马 ③,有钱始作人。

注 释

①幽州马客吟:北朝游牧民族在马上演奏的一种军乐,为《梁鼓角横吹曲》之一。幽州,今河北一带。
②剿儿:健儿。
③黄禾:成熟了的谷子。起羸(léi)马:把瘦弱的马喂精神。羸,瘦弱。

简 评

这是一首控诉社会分配不公的诗。"幽州马客"指北方以猎牧为生的骑手。骑手最疼马。而世间"鞭打快马",快马"食不饱,力不足,才美不外见,且欲与常马等不可得"(韩愈)的现象,任何时候都是存在的。一、二句落脚在下一句"剿儿常苦贫","剿儿",马客自谓也。三、四句分承一、二句:马瘦得要死,有一把谷草就能救它的命,结穴依然在下句——"有钱始作人"。此愤语,看似无理——没钱连人都不做吗？正因为悖乎常理，才发人深省，控诉有力——那个社会原来是不把穷人当人的呀！

陇头歌辞①

北朝乐府

其 一

陇头流水②，流离山下。念吾一身，飘然旷野。

其 二

朝发欣城③，暮宿陇头。寒不能语，舌卷入喉。

其 三

陇头流水，鸣声幽咽。遥望秦川④，心肝断绝。

注 释

①陇头：指六盘山，在今甘肃东部，也称陇山。
②流水：指发源于陇山的泾河等几条河水。
③朝发：早晨出发。欣城：新城，距平凉不远。
④秦川：古时陕西、甘肃的秦岭以北平原地带，代指故乡。

简 评

这三首诗写游子漂泊异乡的痛苦心情。陇头即陇山，在今甘肃东部，古时为出征士卒经行之地。《三秦记》曰："其坂九回，不知高几许，欲上者七日乃越。高处可容百余家，清水四注下。"《乐府诗集》中凡以"陇头""陇上""陇西"为题者，皆写征战、征夫情事，故此三诗当是渡陇赴边的征夫吟唱的歌谣。第一首以"陇头流水"兴起，陇头流水的形态据《三秦记》说是由泉水溢出，无固定沟壑，故四面淋漓而下，没有一定的归向。诗以水流的无定，引起流浪人漂泊天涯之感。这首诗重在视觉形象联想。第二首"朝发""暮宿"概言经过，然后形容陇头严寒，突发奇语，所谓"舌卷入喉"，也就是说话舌头不灵活、搅不转的意思。诗人有《陇头水》道"雪冻弓弦断"，也算善于形容，然未如此语及切肤之痛，非亲历身受而善于形容者不能道。这首诗重在自体感觉的表述。第三首以隆冬流不畅的水声比喻人的哭声，语语沉痛。这首诗重在听觉形象的联想。三首诗各极其妙，第二首尤具艺术张力。

敕勒歌①

北朝乐府

敕勒川②，阴山下③。天似穹庐④，笼盖四野⑤。天苍苍⑥，野茫茫⑦，风吹草低见牛羊⑧。

注　释

①敕勒（chìlè）：部族名，北朝齐时居住在朔州（今山西北部）一带。
②敕勒川：敕勒族居住的地方，今山西、内蒙古一带。川，平川。
③阴山：中国东西向主要山脉之一，横贯内蒙古中部。
④穹庐：古代游牧民族居住的毡帐。
⑤四野：草原的四面八方。

⑥苍苍：青色。
⑦茫茫：辽阔无边的样子。
⑧见：通"现"，出现。一说读"jiàn"，看见。

简　评

　　这是一首赞美家乡的草原民歌。敕勒是古代中国北部的少数民族部落，它的后裔融入了今天的维吾尔族，而北朝时敕勒族活动的地域不在新疆，而在内蒙古大草原上。这首诗是当时敕勒人所唱的牧歌。据史书记载，歌词是由鲜卑语译成汉语的。公元546年，东、西魏两个政权之间爆发一场大战，东魏丧师数万，军心涣散，主帅高欢为了稳定军心，在宴会上命大将斛律金唱此歌。而斛律金就是敕勒族人，他也许就是《敕勒歌》的鲜卑语译者。这首歌辞是经过了两重的翻译，才在事实上成为一首汉语诗歌的上乘之作。原文不传，恐怕也算不得怎样的遗憾吧。元好问《论诗绝句》："慷慨歌谣绝不传，穹庐一曲本天然。中州万古英雄气，也到阴山敕勒川。"所谓"中州万古英雄气"，即指中原汉诗中充实质朴、豪迈刚健的诗风。向来只知建安有此，左思有此，何意北歌有此。

企喻歌辞

北朝乐府

其　一

男儿欲作健①，结伴不须多。
鹞子经天飞②，群雀两向波③。

其 四

男儿可怜虫④,出门怀死忧⑤。
尸丧狭谷中,白骨无人收。

注 释

① 作健:做健儿,即成为英雄。
② 鹞子:猛禽之一。
③ 群雀:各种凡鸟。
④ 可怜虫:比喻可怜的人。
⑤ 怀死忧:冒着生命危险。

简 评

这是表现战争与尚武主题组诗中的两首。其一是勇士之歌。大意是:真正的男子汉,应该冲锋在前,所向披靡,就像鹞入雀阵,如《史记》中的项王、《三国演义》中的张飞。诗篇歌颂的是一种尚武精神。先出本意,结以比兴,所以别致。其二一般认为是写征夫内心的苦闷和战争造成的社会苦难,最后一句使人想起曹操《蒿里行》"白骨露于野"和王粲《七哀诗》"白骨蔽平原"一类描写。另一种解释认为这首诗仍然表现一种尚武精神,前两句系倒装,意谓男子汉出门而贪生怕死者,适足为可怜虫而已;后两句是以司空见惯的口吻说战争本来就是残酷的,战士何妨弃尸荒谷。然而通过牺牲的惨烈,客观上仍表现了战争的残酷。

地驱乐歌(其二)①

北朝乐府

驱羊入谷,自羊在前②。

老女不嫁，蹋地唤天③。

注　释

①地驱乐歌：是北方儿童捉迷藏时唱的歌，与《捉搦歌》性质相同。地驱，指游戏时在坝子里追赶奔跑。
②自羊：指头羊。
③蹋地唤天：顿足呼天。

简　评

这是一首儿童捉迷藏时所唱的歌，歌中反映了大龄女子嫁人难的社会问题，却带有很强的戏谑性质。民间以婚嫁为大事，而古代有早婚习俗，故民歌多以女大当嫁为辞。这首诗写老女未嫁、怕没人要的悲苦，因为这个悲苦在爹娘跟前说不出口，所以踏地唤天。诗以赶羊为兴语，谓之牧羊女思嫁之歌也宜。诗中自羊，应是头羊，自该走在羊群之前。以此类推，则"嫁女出门，老女在前"，则这首诗可能是咏大姊后嫁，心头焦急。

地驱乐歌

北朝乐府

月明光光星欲堕①，欲来不来早语我②。

注　释

①月明光光星欲堕：暗示时间推移，等得太久。
②欲来不来早语我：来或者不来早点告诉我。

简　评

　　这一首诗与前一首性质相同，是儿童捉迷藏时唱的歌。就其内容而言，可以叫爱情的"最后通牒"。前句以夜深景象写候盼之久之苦，妙在下句"欲来不来早语我"。意即你不来也无甚关系，只要把话挑明，莫要吊人胃口，让人白等。唐代吕岩《梧桐影》词云："明月斜，秋风冷。今夜故人来不来，教人立尽梧桐影"，就是写的不守约带来的苦恼。儿童不懂得歌词的意思，歌词是大人教的。只要上口易记，儿童就喜欢唱。

捉搦歌（其四）①

北朝乐府

黄桑柘屐蒲子履②，中央有丝两头系③。
小时怜母大怜婿，何不早嫁论家计④。

注　释

① 捉搦（nuò）：捉拿，即捉迷藏。
② 黄桑柘屐：指木板鞋。蒲子履：指草鞋。这句是起兴。
③ 有丝：有鞋带。
④ 论家计：指到婆家操持家务。

简　评

　　这首诗与前两首一样，都是北方儿童玩捉迷藏游戏时所唱的儿歌。"黄桑柘屐"是木鞋，"蒲子履"是草鞋，无论木鞋或草鞋都是成双成对的，故以兴起男女匹配之意。"中央有丝两头系"，就是千里红绳一线牵的意思，喻两姓联姻也。第三句最有意思，"小时怜母大怜婿"，对于男子，则是"小时候是妈的儿，长大了是婆姨的儿"，这也无可奈何。最后一句说不如顺水推舟，成全了她吧。

折杨柳歌（其四）①

北朝乐府

遥看孟津河②，杨柳郁婆娑③。
我是虏家儿④，不解汉儿歌。

注　释

①折杨柳歌：本属离别歌，古人有折柳送别的习俗，但这首诗不同。
②孟津河：孟津附近黄河。孟津，古黄河津渡名，在今河南孟州西南。
③婆娑：盘旋舞动的样子。
④虏家儿：即胡儿，非汉人。

简　评

这首诗原列组诗第四，当是一首汉译的北歌。诗最有意味的是后面的两句："我是虏家儿，不解汉儿歌"，似是强调胡汉语言的隔膜。然而稍为细心点就会发现，所谓"不解"，是仅就歌词而言；而音乐，是天国的语言，真正的"世界语"。诗人是说：看哪，孟津河边杨柳绿了，汉儿们又在折柳送别，他们唱的歌词，我们胡人不懂，但他们吹奏的笛曲，蛮有意思哩。

折杨柳歌（其五）

北朝乐府

健儿须快马，快马须健儿。
跸跋黄尘下①，然后别雄雌②。

注　释

①跸（bì）跋：马蹄击地声。黄尘：快马奔跑时扬起的尘土。
②别雄雌：分高低，决胜负。

简　评

　　这首诗原列组诗第五，是一首赞歌。开篇两句是回环赞语，写骏马与健儿的相得益彰。然赞马终是赞人，骏马崇拜结穴在英雄崇拜也。后两句以挑战口吻，说要在沙场或赛场一见高低，充满英风豪气。诗中表现了北人剽悍的个性和尚武的精神，令人耳目一新。这样的作品在当时南朝乐府和文人诗中是见不到的，直到唐代边塞诗兴起，这样的快语豪情才屡见于诗。所以"河朔之气"应是唐代边塞诗的发脉之一。

折杨柳歌（其六）

北朝乐府

门前一树枣①，岁岁不知老②。

阿婆不嫁女,那得孙儿抱。

注　释

①枣:双关"早",枣子则双关"早生贵子"。
②岁岁不知老:反形人生易老。

简　评

这首诗文不对题。《折杨柳歌》一般咏折柳送别之事,所以很可能是记录过程中窜了题。诗的性质,与前面三首诗特别是"驱羊入谷"一诗接近。诗的兴语以枣子双关"早子",与后文抱孙之说关合得妙。不说女子苦恼,反说她是为阿婆作想,自然诙谐。

木兰诗

北朝乐府

唧唧复唧唧①,木兰当户织②。不闻机杼声③,唯闻女叹息。问女何所思,问女何所忆④?女亦无所思,女亦无所忆。昨夜见军帖⑤,可汗大点兵⑥。军书十二卷⑦,卷卷有爷名⑧。阿爷无大儿,木兰无长兄。愿为市鞍马⑨,从此替爷征。东市买骏马,西市买鞍鞯⑩。南市买辔头⑪,北市买长鞭。旦辞爷娘去,暮宿黄河边。不闻爷娘唤女声,但闻黄河流水鸣溅溅⑫。旦辞黄河去,暮至黑山头⑬。不闻爷娘唤女声,但闻燕山胡骑鸣啾啾⑭。万里赴戎机⑮,

关山度若飞。朔气传金柝⑯,寒光照铁衣。将军百战死,壮士十年归。归来见天子⑰,天子坐明堂⑱。策勋十二转⑲,赏赐百千强⑳。可汗问所欲,木兰不用尚书郎㉑。愿借明驼千里足㉒,送儿还故乡。爷娘闻女来,出郭相扶将。阿姊闻妹来,当户理红妆㉓。小弟闻姊来,磨刀霍霍向猪羊㉔。开我东阁门,坐我西阁床。脱我战时袍,着我旧时裳。当窗理云鬓㉕,对镜帖花黄㉖。出门看火伴㉗,火伴皆惊忙:同行十二年,不知木兰是女郎。雄兔脚扑朔,雌兔眼迷离㉘。双兔傍地走,安能辨我是雄雌?

注　释

① 唧唧:纺织的声音。一说叹息声。
② 当户:对着门,泛指在家。
③ 机杼(zhù)声:唧唧之声。机,指织机。
④ 何所思、何所忆:想什么,忆什么。
⑤ 军帖:征兵的文书。
⑥ 可汗(kèhán):古代北方民族的君主。大点兵:大规模征兵。
⑦ 军书十二卷:征兵名册有很多卷,十二表示多。
⑧ 爷:和下文的"阿爷",都指父亲。
⑨ 市鞍马:买马鞍马匹。
⑩ 鞯(jiān):马鞍下的垫子。
⑪ 辔(pèi)头:驾驭牲口用的嚼子、笼头和缰绳的组合。
⑫ 溅(jiān)溅:流水的声音。
⑬ 黑山:在今呼和浩特东南。
⑭ 燕山:中国北部著名山脉,主峰在河北。
⑮ 戎机:军机,指战争。
⑯ 朔气传金柝(tuò):北方的寒气传送着打更的声音。朔,北方。金柝,即刁斗,一种军用锅,晚上用来报更。一说柝为木柝。
⑰ 天子:即可汗。
⑱ 明堂:古代天子朝会及举行封赏、庆典等活动的地方。
⑲ 策勋:记功。转:勋级每提升一级叫一转,十二转为最高奖。

⑳ 百千强：超过百千。
㉑ 不用：不做。尚书郎：职官名，意即高官。
㉒ 明驼千里足：指良骑。
㉓ 红妆：指女子的梳妆打扮。
㉔ 霍霍：磨刀声。
㉕ 云鬓：像云一样的鬓发。
㉖ 帖花黄：当时流行的把金黄色的纸剪成图案贴在额上，或在额上涂点黄色。
㉗ 火伴：战友，古兵制十人为一火。后来写作伙伴。
㉘ 雄兔脚扑朔，雌兔眼迷离：据说提起兔子耳朵，雄兔的两只前脚会不停动弹，雌兔两只眼睛时常眯着，所以容易辨认。

简　评

　　这首诗写木兰替父从军的故事。诗中战事，当发生于北魏与柔然之间。长期的、大规模的战争，造成男性锐减、兵员不足，是这首诗选材之时代背景。诗的结尾点题，尤富戏剧性："出门看火伴，火伴皆惊忙：同行十二年，不知木兰是女郎。"同行十二年而不知其为女郎，实在太戏剧性，然战争年代容有其事，使人联想到写几位姑娘为国捐躯的苏联小说《这里的黎明静悄悄》里华斯珂夫准尉的那番妙语："现在没有什么妇女不妇女的！就是没有！现在只有战士，还有指挥员，懂吗？现在是战争，只要战争一天不结束，咱们就都是中性。"这是对战争灭绝人性的深刻剖析。"旦辞爷娘去"四句，诗人专拣两个黄昏来写："不闻爷娘唤女声，但闻黄河流水鸣溅溅""不闻爷娘唤女声，但闻燕山胡骑鸣啾啾"，这是何等心细，表现出主人公虽是英雄，但毕竟是一个女性。这是这首诗最为成功之处。

昔昔盐①

薛道衡

垂柳覆金堤②,蘼芜叶复齐。水溢芙蓉沼③,花飞桃李蹊④。采桑秦氏女⑤,织锦窦家妻⑥。关山别荡子,风月守空闺⑦。恒敛千金笑⑧,长垂双玉啼⑨。盘龙随镜隐⑩,彩凤逐帷低⑪。飞魂同夜鹊⑫,倦寝忆晨鸡⑬。暗牖悬蛛网,空梁落燕泥⑭。前年过代北⑮,今岁往辽西。一去无消息,那能惜马蹄⑯?

作　者

薛道衡（540年—609年）,字玄卿,河东汾阴（今山西万荣）人。北朝齐时,初任奉朝请,长广王高湛（即北朝齐武成帝）召为记室,即高湛即位,累迁太尉府主簿。后官至中书侍郎。北朝齐亡,入北周为官。隋初,坐事除名。复起为内史舍人兼散骑常侍,曾从军伐陈。还任吏部侍郎。后任内史侍郎,加上仪同三司,出为检校襄州总管。隋炀帝即位,转番州刺史,还任司隶大夫。因论时政,为御史大夫裴蕴所弹劾。后为炀帝赐自尽,天下称冤。明人辑有《薛司隶集》。

注　释

①昔昔盐:乐府题名,明代杨慎认为即梁朝乐府《夜夜曲》。盐,即艳,曲的别名。
②金堤:堤岸的美称,以其土黄而坚固。
③沼:池塘。

④桃李蹊（xī）：桃李下的小路。
⑤秦氏女：秦罗敷，代称美女。
⑥窦家妻：苏蕙，前秦窦滔妻，滔被谪戍流沙，苏蕙织锦为回文诗。
⑦风月：风月之夜。
⑧敛：收敛。千金笑：千金一笑。
⑨双玉：指两道泪痕。
⑩盘龙：铜镜背面所刻的龙纹。随镜隐：是说镜处匣中，意思是思妇无心打扮。
⑪彩凤：锦帐上的花纹。逐帷低：是说帷帐长垂，意思是思妇懒得整理房间。
⑫飞魂同夜鹊：意谓夜里失眠，就像月夜之惊鹊。
⑬倦寝忆晨鸡：像晨鸡那样很早就清醒。
⑭空梁：空屋的梁。
⑮代北：代州之北，今山西北部及河北西北部一带。
⑯那能：奈何如此。惜马蹄：指不回来。东汉苏伯玉妻《盘中诗》："家居长安身在蜀，何惜马蹄归不数。"

简　评

　　这是一首闺怨诗，写的是思妇悬念征人的传统主题。它发展了自谢灵运以来，五言诗尚对偶的唯美主义追求。试把这首诗逐联减去一句，瘦身一半："垂柳覆金堤，花飞桃李蹊。采桑秦氏女，风月守空闺。恒敛千金笑，彩凤逐帷低。飞魂同夜鹊，空梁落燕泥。前年过代北，那能惜马蹄？"意思不差，却是略输文采，不及原诗够味。特别是诗中"暗牖悬蛛网，空梁落燕泥"一联，透过环境细节的描写，刻画出思妇孤独寂寞的心境，显出了艺术上的独创性。据说隋炀帝相当嫉妒这一联，当薛道衡被赐死后，竟然说："更能作'空梁落燕泥'否？"这首诗因此更引人关注。

人日思归①

薛道衡

入春才七日,离家已二年。
人归落雁后②,思发在花前③。

注　释

①人日:指农历正月初七。
②落:掉在。
③思:归思。相传鸿雁于正月动身从南方返回北方。

简　评

归思是一种普遍心理,但诗人抓住新春这一特定时节和特定环境中的细微思想活动来写,就不落窠臼,历久弥新。"人归落雁后,思发在花前"二句以春雁北归反衬己之未归,以花发之迟反衬归心之急,皆妙在不直说。唐代张说《蜀道后期》诗云:"客心争日月,来往预期程。秋风不相待,先至洛阳城。"沈德潜评为"以秋风先到形出己之后期,巧心浚发。"张说所用,不就是"人归落雁后"这一现成构思吗?全诗四句皆骈,均用流水对,故不觉骈骊,而有行云流水之妙。

野望

杨广

寒鸦飞数点[①],流水绕孤村。
斜阳欲落处,一望黯销魂[②]。

作　者

杨广(569年—619年),隋炀帝,本名杨英,小字阿㜜,弘农华阴(今属陕西)人,隋文帝杨坚与文献皇后独孤伽罗的嫡次子,隋朝第二位皇帝。生于大兴,开皇元年(581年)立为晋王,开皇二十年(600年)十一月立为太子,仁寿四年(604年)七月继位。在位期间开创科举制度,修建隋朝大运河,营建东都、迁都洛阳,对后世颇有影响,然而频繁地发动战争,如亲征吐谷浑,三征高句丽,加之滥用民力,直接导致了隋朝的覆亡。

注　释

①寒鸦:犹昏鸦,黄昏的乌鸦。
②黯销魂:黯然失色的样子。江淹《别赋》:"黯然销魂者,唯别而已矣"。

简　评

这首诗当为诗人登位前作,描写的是南方孤村晚景。"寒鸦飞数点,流水绕孤村"两句就把暮色苍茫中河边乡村的景色,勾勒得栩栩如生,可谓状难写之景如在目前。"点"字用得特别好,宛如齐白石笔下点虱的田园风光。"斜阳欲落处,一望黯销魂",写一眼瞥见这幅景色的人失魂落魄的心境,也给读者以深刻印象。全诗意境浑成,前两句为宋代秦观《满庭芳》所化用,遂成脍炙人口的名句。